不信の体系
「知の百科」ウンベルト・エコの文学空間

ECO:DUE O TRE COSE CHE SO DI LUI

ロベルト・コトロネーオ
Roberto Cotroneo

谷口伊兵衛／ジョバンニ・ピアッザ　訳
Taniguchi Ihei／Giovanni Piazza

而立書房

目　次

前置き　7

物自体への不信　11

心の情念　19

体系としての不信　29

アンパーロと振り子　36

ドン・ティーコのトランペット　53

海の向こう側の，樹木の間に　57

鳩の島　63

嘘と魔法　72

昔からの情念　79

無秩序の限界　87

帰　郷　97

迷宮からの脱出　104

結びの覚書　107

（付録）インタヴュー『バウドリーノ』をめぐって
　　　　（ウンベルト・エコ／聞き手トマス・シュタウダー）109

訳者あとがき（「訳者が知っている２，３のこと」）　133

索引　138

装幀・神田昇和

不信の体系
——「知の百科」ウンベルト・エコの文学空間——

Roberto Cotroneo
Eco : due o tre cose che so di lui

©2001　RCS Libri S. p. A. "Tascabili Bompiani"

Japanese translation rights arranged between RCS Libri S. p. A., Milan and Jiritsu-shobo Inc., Tokyo through Japan UNI Agency Inc., Tokyo

Japanese edition ©2003 Jiritsu-shobo Inc., Tokyo

でも私は文学批判家じゃない，
やっぱり最後の痕跡を探し求める
サム・スペードなのだ。
こうしてキー・テクストを見つけたんだ。
　　　──U・エコ『フーコーの振り子』

前置き

　20年前から，ウンベルト・エコは世界でもっとも有名な作家，しかももっとも多く翻訳されている作家の一人である。* 1980年に彼は『バラの名前』を，1988年にはおそらく彼のもっとも複雑な著書『フーコーの振り子』を，1994年には『前日の島』を，最後に2000年末には『バウドリーノ』を刊行した。こうしながらも，彼はアカデミックな教育の仕事をずっと厳密にやり続けてきた。専門的な論文を発表したり，大学で教育したり，講演や講義のために世界を遍歴したりしてきた。*2

　エコを識る人なら，彼がここ数年インタヴューや講演や公開講義の要請で，文字通り攻め立てられてきたこと，そして，自己防衛のために保護フィルターの裏に身を守ってきたことを知っている。しかし彼を識る人ならまた，彼の学生たち（や，彼の学問的仕事に真剣な関心を寄せるすべての人）のために，門戸がいつも開かれていることも知っている。だから，夕方ボローニャで彼が学生たちと一緒のところを見かけるのもはなはだ簡単である。他方，小説家としての彼の仕事について説明を執拗に求める人に対しては否なのであって，これは許されない。彼は答えるであろう——テクストはそこにあるのだし，私はほかに付加することは何もない，と。

---

*　谷口勇「エコ文献解題——翻訳を中心として——」，『立正大学人文科学研究所年報』第38号（2002年3月），45-67頁参照（訳注）。
*2　ウンベルト・エコの文献については，AAVV, *Semiotica : storia teoria interpretazione*(*saggi intorno a Umberto Eco*) Milano, Bompiani, 1992 (pp. 445-470) と J. Petitot / P. Fabbri (éd), *Au nom du Sens*, Paris, Grasset, 2000〔伊訳：Milano, Sansoni, 2001〕を参照。エコの著書やエコ本人に関して，最新の情報を得るには，ウェッブサイト www. dsc. unibo. it. を検索されたい。

1992年，エコは30年間にまたがる，エッセイ，記事，発言を集めたものを発表した。この本のタイトルは『第二のささやかな日記帳』* であって，これは1960年代と1970年代に彼を有名にするのに寄与した，風刺的な書き物，寄せ集め，慰みのコレクションたる『ささやかな日記帳』の理想的な継続だった。

　エコの作品では三つのはっきり異なる動向を区別することができる。つまり，前記号論的，記号論的，そして最後に臨時的，という動向である。エコの臨時的な仕事の中に，彼の小説をいくらかよく理解したり，エコがどこに隠れているのかを発見したり，彼の複雑な書誌の網目をかき分けたりするための，多くの鍵を発見できることがしばしばある。1992年に『第二のささやかな日記帳』が出版されてからは，あまり注意深くない読者にとっても，エコのもろもろの小説──とりわけ，最新の『バウドリーノ』──を異例な鍵で読むことが可能である。

　実際，この『第二のささやかな日記帳』の棹尾を飾っているのが，1981年に地方の刊行物に載ったテクスト「サン・バウドリーノの奇跡」*2であるのも偶然ではないのだ。これはエコの臨時的な作品全体のうちでも最大の自伝的ヒントを有する書き物の一つであるし，また，まさしく『バウドリーノ』と題するエコの最新作の導入となっているテクストでもある。私はここから出発することにより，ここ最近のもっとも重要な作家の一人における，小説と伝記との関係に関しての若干の結び目をほぐすことにしたい──エコがその小説

---

*　U. Eco, *Diario minimo*, Milano, Mondadori, 1963（増補再版：Milano, Mondadori: 1975）．本書では，私は常にこの1975年版を参照することになろう。"ささやかな日記帳"とは，雑誌 *Il Verri* 上に1959年から1963年にかけてエコが載せたコラムのタイトルだった。

*2　U. Eco, "Il miracolo di san Baudolino", in AAVV, *Strutture ed eventi dell'economia alessandriana*, Alessandria, Cassa di Risparmio, 1981（序説）〔*Il miracolo di san Baudolino,* Bompiani, 1995（非売品）〕．

のページの背後でいかに身を護ることができるかを明らかにしながら。*冷静で，打算的で，超然とした一人のインテリが現われるまで，身を護ることが。それともおそらく，まるで謎みたいに，真に予見不能な文学的錬金術を用いて，世界的ベストセラーを産み出しうる，怪しげな記号論的痕跡を残す魅力的な一台の機械(マシーン)が現われるまで。

---

*　『バラの名前』では，エコはヴァレ神父の本の中に話を再発見した振りをしているし，しかもヴァレにしても今度はメルクのアトソンによる14世紀の原稿を転写した，マビヨンによって1842年にパリで発行されたテクストを読んでいたのである。したがって，作者と物語との間には三重のフィルターがあることになる。『フーコーの振り子』でも，またしても作品のフィルターがある。この先に分かるだろうように，この作品でエコが語っているコンピューターには，テクストを保存している秘密の，守られたファイルが付いている。このコンピューターにおいてのみ，ヤーコポ・ベルボ——決して語り手ではない——は，いささか恥じ入りながら，小説家になる遊びをすることができるのだ。そして，『前日の島』では，ロベルト・ド・ラ・グリーヴのもろもろの出来事は，入子箱(いれこ)遊びのように一つの小説が収まっている日記の再発見を通して物語られている。だから，この本の語り手と最後の部分との間には新たなフィルターが一つ存在することになる。『バウドリーノ』においては，物語の現実は，ニチェータ・コニャーテに語られた事柄が嘘かも知れないということをバウドリーノがあっさり認めている以上，無効になるのである。したがって，物語られた話が空想の産物なのか，それとももろもろの出来事が本当なのかどうかは，われわれには分からないままなのである (U. Eco, *Il nome della rosa*, Milano, Bompiani, 1980, p. 11 ; *Il pendolo di Foucault*, Milano, Bompiani, 1988, p.27; *L'isola del giorno prima*, Milano Bompiani, 1994, pp. 466-473 ; *Baudolino*, Milano, Bompiani, 2000)。〔前二作の邦訳は「当てにならない」という点でさらにもう一つの楽しみ（？）をわれわれに供してくれている。信用すれば，欺かれるからだ—訳者〕

前置き　9

物自体への不信

「サン・バウドリーノの奇跡」の中で，エコは爆撃から逃れるために子供のとき，家族と一緒に故郷アレッサンドリアを去るときのエピソードを語っている。

　1943年の春の或る朝のことだった。決定がなされていて，最終的に疎開することになった。わけても，良いアイデアはニッツァ・モンフェッラートへ疎開することだった。そこでは，私たちは爆撃は確かに避けることになったが，しかし数カ月内に，ファシストたちとパルチザンたちとの十字砲火が振りかかり，私は機関銃の一斉射撃を避けるために溝の中に跳び込むことを覚えたのだった。早朝のことだったし，一家全員が広場の馬車で駅へ向かいつつあった。百大砲通り〔チエントカンノーニ〕がヴァレフレ兵舎のほうへ延びているところの，そのとき無人になっていたあのだだっ広い空間で，私には遠くに小学校の級友ロッシーニが見えた。それで私は跳び上がって，彼の名を呼んだ。馬車は揺れたし，馬はほとんど暴れんばかりだった。相方はまったく振り向かなかったし，その瞬間，私は彼がロッシーニではないと確信した。父は立腹した。お前はいつもどおりの軽率者だ，こんな振舞いをするんじゃない，狂人みたいに"ヴェルディーニ"と叫ぶな，と私に言いつけるのだった。私は正しくは，あれはロッシーニなんだと言うと，父はヴェルディーニであれ，ビアンキーニであれ，同じことじゃ，と言い返した。数カ月後，最初のアレッサンドリア爆撃があったとき，ロッシーニは母親と一緒に建物の残骸の下で死んだということを知った。*

　＊　U. Eco, *Il secondo diario minimo*, Milano, Bompiani, 1992, p. 333.

エコのこの幼時の回想には，ほとんど魔力的な，稀薄になった雰囲気が漂っている。すべてが宙ぶらりんで，漠然としている。空間はだだっ広くて，人を見誤らせ，知覚を歪めている。すなわち，馬は暴れるし，同級生は振り向かない。このエピソードは，一つのエピファニー，一つの幻として語られている。このエピファニーを介して，エコは幼時の回想を，さながら自分から離れ，あたかも誰か他人に属しているかのようにフィルターに通すことに成功している。この書き物の文学的スタイルはむしろ驚くべきものである。1981年，エコは『バラの名前』という，はなはだ抑制された語り体――構造は厳格で，書き方はドライである――の本を発表したばかりだった。ところで，出版されてから20年後の今日，『バラの名前』はエコのもっとも気がかりな小説になっている。これの作者は一面では何としても小説を書きたがっているが，しかし同時にまた，それから離れたがってもいるかのようである。

　「サン・バウドリーノの奇跡」はごく限られた読者層のために書かれているが，書き方では，『フーコーの振り子』の中の若干のページにひどく似ているように見える。この本では，小説家になるという学者の関心事から，物語ったり，物語られたりする欲求に余地が与えられている。だが，幾年も前のあのエピファニーや，あの夏の朝に再び戻ることにしよう。

　　私の記憶に焼き付いているのは，あの都会のだだっ広い空間――そこでは父から子へと渡された上着みたいに，小さな姿が馬車からひどく遠いところで浮かび出ている――や，今後二度と私が決して再会することがないであろう友とのおぼろげな出会い……の幻影である。アレッサンドリアは，色褪せた蜃気楼が貫通した，サハラ砂漠よりも広いのである。*

＊　*Ibid.*, p. 334.

はっきり分かる構造を欠く，傷つきやすい，保護されざるこの広漠たる空間の中で，エコは遠い回想に立ち戻っている。しかも，彼はこの回想を遠去けている。さながら，抑制することのできない出来事であるかのように，またはなはだよく識っていても，奇妙にもほとんど何の思い出もない他人たちと一緒に撮られた古い写真ででもあるかのように。だが，その写真はもちろん一枚だけではなく，ほかに幾枚もある。とりわけ，一枚は全生涯が付きまとう情念のイメージたらんと欲している。彼は幼児であり，9歳で，自転車に乗って7月の或る日走り回っていて，ソンツォーニョ社の分冊本の1冊を見かけ，それを買うかどうか思案している。日当たりのよい空間でぼんやりしながら，さながら，空っぽの舞台を魅力的な表紙からの物語で生気づけんとしているかのように。

　アレッサンドリアの大砂漠の中で，熱に浮かされた青春時代がすり減らされるのだ。1942年，私は7月の午後2時から5時の間，自転車に乗っている〔中略〕。誰もいない。私にはいつも決まった目的地があって，そこは，おそらく何年も前に，魅力的と思われる，フランス語から訳された或る物語を載せている，ソンツォーニョ社の分冊本の一冊を見かけた駅のキオスクなのだ。それは1リラの値段であり，私はポケットに1リラを持っている。それを買うか買うまいか？　よその店は閉じているか，今にも閉じそうに見える。友だちはみんなヴァカンスだ。アレッサンドリアは，継ぎ接ぎだらけのタイヤの私の自転車にとっての，唯一の空間，走路であるし，駅のこの分冊は，物語，空想への唯一のホープなのである。＊

　あまりに文学的だ。あまりに個人的だ——『バラの名前』を書い

＊　*Ibid.*, p. 335.

た理由について，あるインタヴューの中で，「私は小便したいように，この小説をやりたかったのです。その時間も意図もなかったときに，それをやらねばならなかったし，ですからもちろん，エッセイでは書けないような，しかも物語る値打ちのあるような何かが現われた」* からなのだと言明するような作家にしては。こういう表現はイタリアの文学界をしばしば憤慨させたのだけれども，それはエコがメディアとコミュニケートするやり方の，しかもたぶん彼の作家としての臆病さの一部に属するものなのであろう。ここに再録した文言は1980年9月のものである。つまり，彼がデビューする直前のことなのだ。そして当時は，その本が今日ではみんなに知られているようなベストセラーになるだろうとは，誰も言えなかったであろう。エコは自分にしつこくつきまとう話を物語る必要を感じているのだということを，みんなに分かってもらいたかったのである。だが，記号論の教授であり，『物語における読者』の著者でもある彼は，熱っぽい想像力から，若い語り手のように語ることができないことをも十分承知していた。真実を語るにしても，距離を置き，アイロニーを込めてしなければならない。かなり奇妙にも，小説家としての名声が揺るぎないものとなるにつれて，『バラの名前』のこの作者は，ますます大きな決意をもって，自分自身を話題にすることを回避したのだった──小説家としての自らの役割りがもう固まったときでさえも。しかし，批評家たちとしては，とりわけ，個人的な情念や執念がかくも明白に浮かび出ている小説が書かれる場合には，伝記的な固有の出来事に関心を寄せるようになるのを回避する，などということはけだし困難である。このことではエコは，エッセイを書く教授のメンタリティーを維持し貫いたのであり，彼は小説家がどうしても伝記の対象にならざるを得ないということを知らないかのような素振りをしている。おそらくそれだからこそ，

* L. Lilli, *Voci dall'alfabeto*, Roma, Edizioni minimum fax, 1995, pp. 84-85.

エコのもっとも美しい書きものの一つたる,「サン・バウドリーノの奇跡」はしばらくの間,地方出版物の中で忘れ去られてきたのであろう。

しかし,物語に再び戻るとしよう。エコの幼時のこの記憶は,神秘的なエピファニーとなるのだ。自転車,ソンツォーニョ社の1リラの分冊本が,忘れられて10年後,またも記憶を呼びもどされる,──思い出の奇妙な冗談みたいに。

何年も後に,私は心が中断したみたいに,思い出と現実のイメージとをショートさせながら,がたつく飛行機とともに,ブラジルの中心,サン・ジェズス・ダ・ラーパに着陸した。その飛行機が降下できなかったわけは,セメントの滑走路の真ん中に2匹の犬が長々と寝そべっていて,身動きだにしなかったからだった。どんな関係がある? 何の関係もない,ただいろいろのエピファニーがそんなふうに作用しているだけなのだ。*

こういう近似の理由は大して重要ではない。実際,われわれに興味があるのは,たんにエコが語っていることだけではなくて,なぜ彼がこれを語るのか,そしてどのように語るのかということも興味深いのである。そうなると,ここで一つの奇妙なことも確かめられるのだ。つまり,1981年にアレッサンドリアで刊行された本文と,11年後『第二のささやかな日記帳』に収録されたそれとの間には,いささか相違があるのだ。ともあれ,エコは「サン・バウドリーノ

---

* U. Eco, *Il secondo diario minimo, cit.*, p. 335. この空港への着陸のエピソードは,何年も前に,1966年10月30日の「レスプレッソ」誌上に載った,エコのブラジル通信(「魔法使いは左手で開ける」)で語られている。このことは後により完全にこう語られることになる──「着陸地ボン・ジェズス・ダ・ラーパでは,犬たちが滑走路をうろついている……」。

物自体への不信 15

の奇跡」と，1967年「レスプレッソ」誌上で発表した古い記事「ボルミダ川とターナロ川との間には大した騒音もない」*とを合本させている。この本は実用主義的，実存主義的な——そしてあえて言うならば——性格的な哲学の宣言書なのである。その後，エコは1992年版では，まさしくエピファニーや，自転車のエピソードとサン・ジェズス・ダ・ラーパの犬のエピソードとの結びつき，に割かれたくだりを削除している。実際，1981年には彼はこう書いていたのである。

　エピファニーの作用はこんなものなのだ。つまり，エピファニーについては，やりたい放題のことができるし，それを捨て去ることだってできる。出来事の洪水にフォルムを付与する代わりに，エピファニーはこの洪水を一層細分化し，その小断片を孤立させたり，また，出来事の洪水の下に規則を見いだすことを本分とする精神労働に対峙しいているかに見える。それでもエピファニーは，万人に知られずに規則が横たわっている，あの遠い場所がどこにありうるかを示唆することはしばしばある。*2

11年後，こんなドライなコメント——「どんな関係がある？　何の関係もない，ただいろいろのエピファニーがそんなふうに作用しているだけなのだ」*3 ——を残すだけでエコには十分となるのである。
　エコには一つの不安があって，これは彼のあらゆる著作に広がっ

---

* U. Eco, "Pochi clamori tra la Bormida e il Tanaro", in *L'Espresso*, Anno XIII, 19 febbraio 1967. 現在では，U. Eco, *Il costume di casa. Misteri ed evidenze dell'ideologia italiana*, Milano, Bompiani, 1973, pp. 9-11 所収。
*2　U. Eco, "Il miracolo di san Baudolino", *cit.*, pp. 9-10.
*3　U. Eco, *Il secondo diario minimo, cit.*, p. 335.

ている。つまり，真面目に過ぎるという不安，諸概念の不安，不確実な理論が立派なものとされる不安，漠たるものがドグマと化す不安，である。「サン・バウドリーノの奇跡」の中でエコが語っているのは，彼が生まれ，20歳まで生活した都市と人びとなのである。その語り方はこんなふうだ。

　神秘なものへの疑念。物自体への不信。理想も情念もない都市。閥族主義がはびこっていた時期に，アレッサンドリア出身の法王ピオ5世は親族をローマから追放し，自分でやりくりするように命じている。何世紀も金持ちのユダヤ人共同体が住みついたから，アレッサンドリアは反ユダヤ主義になるだけの道徳的エネルギーも見いださず，また，異端裁判所の不正行為に服従することも忘れている。アレッサンドリア人たちは，たとえどんな英徳が大勢の者を絶滅すると予言したときでさえ，それに熱中したことはついぞない。アレッサンドリアは第二の位格〔人間キリスト〕を武器の刃先に載せる必要を感じたことはついぞない。ラジオ・スピーカーに供すべき言語モデルを与えたことがないし，募金を行うために非常によくできた奇跡を創出したことがないし，人びとに教えるべき何も持たなかったし，子供たちが誇りとすべきものを何も持たなかったし，子供たちにとってこの都市が誇れるようになろうと骨折ったことはついぞない。*

以上は，不信を哲学的命令となし，逆説を防御の武器となし，笑いを救いの僅かな真の可能性となした，ひとりの男の言明である。アレッサンドリアのような，熱中を欠き，少々退屈で，灰色の汚い都市の，否定的な素質を例証した後で，エコはこう結んでいた——

---

* U. Eco, *Il costume di casa, cit.*, p. 11. 現在では，*Il secondo diario minimo, cit.*, pp. 337-338所収。

「お分かりのように，われわれはレトリックも，神話も，使命も，真理もない都市の子供であることを再発見して誇りに思っているのである」。エコのもろもろの小説をいくぶんでもよりよく理解するためにはおそらく，上のこの言葉を起点とすべきであろう。また，彼の小説の文体的局面——彼（作者）とその作中人物たちとの間の絶えざる距離——を理解するためにも。

　こういう絶えざる警戒が何のためかと言えば，彼の若干のページが一種の日記とか，文学の形をした私的な告白とかとして混同されたり，読まれたりしてもかまわないと読者が考えることが決してできなくなるようにするためなのだ。このことは文学界にとっては稀な，一種の語りへの恥じらいを考えさせる。ほかの人びとにとっては，体験されたことがほぼ常に小説へと変形するものなのだが，エコにとっては，まるで望遠鏡を逆さまにしたかのように，小説がしばしば体験されたことを垣間見させてくれるのである。しかも奇妙なことに，あたかも小説が体験されたことに対しての不動の原動力であるかのような具合なのであって，その逆ではないのである。

　このことは『前日の島』においてきわめて明らかである。なにしろこの作品では，若きロベルトの話を通して，トリーノ時代から今日までのエコの知的な出来事全体を読み取れるような感じがするからである。また『バウドリーノ』においてはさらに明らかであって，この作品ではエコの実家への帰還が明白かつ議論の余地のない一要素となっている。二重の帰還なのだ。なにしろ，『バラの名前』から20年を経て，またしても中世があり，アレッサンドリアがあり，この都市への攻囲があり，アレッサンドリアの人びとの性格があるのだから。しかも，このことは決して些事ではないのである。

心の情念

『フーコーの振り子』の一節の中で，エコはカゾーボンにこう言わせている。

　　自分は心の情念に捉われてしまっていた。軽信がそれだ。不信心者は何物も信ずべきではない，というわけではない。彼はすべてのことを信じない……のだ。不信は好奇心を締め出しはしないし，逆にそれを力づける。アイデアの連鎖を信じないが，私はもろもろのアイデアの多声性(ポリフォニー)は好きだった。信じないということだけで十分なのであり，しかも二つのアイデアは——両方とも間違っていれば——衝突するかも知れないのだ……。*

奇妙なことに，不信がエコの知的活動全般に随伴しているのである。パオロ・ミラノは1973年にこう書いていた——「原則的であれ，臨時的であれ，エコは不信の教育家，正確には大家である。彼の好きな作業は，信じないことを教えるために，一見無害で機能的な仕掛けを解体することである。彼の家族は，ヴォルテール主義者たち，アイロニックなマルクス主義者たち，英国の皮肉屋たちから成っているのである」。*2 そして不信の教訓は確かに，エコのもろもろの小説の中に欠如してはいない。『バラの名前』から始めると，そこではバスカヴィルのウィリアムが若きアトソンに次のような見本的な教訓を与えている。

---

*　U. Eco, *Il pendolo di Foucault, cit.*, p. 47.
*2　P. Milano, "Umberto Eco come maestro di diffidenza", in *L'Espresso*, Anno XIX, 24 giugno 1973.

アトソンや，儂(しるし)は記号の真理を疑ったことは決してない。記号(しるし)こそは，この世で方向を定めるために人間が手にしている唯一のものなのだよ。ただ儂にも分からずにきたことは，記号(しるし)どうしの関係だったんだ。儂がホルへにたどり着いたのは，あらゆる犯罪を支配しているらしい黙示録的図式を通してだったのだが，しかしこれは偶然のことだったんだ〔中略〕。儂がホルへにたどり着いたのは，邪悪で推理を働かす頭の計画を追跡してのことだったが，しかし実はいかなる計画も存在しなかったんだ〔中略〕。儂の知恵全体はいったいどこにあるのか？　儂はがんこ者として行動して，秩序のかけらを追跡していたとき，ほんとうは宇宙に秩序なぞ存在しないことを熟知すべきだったんだ〔中略〕。役立つ唯一の真理，それは，捨て去るべき手段なのだよ。*

四つの小説全般にとっての中心テーマ，それは，世界，宇宙のあり得ざる秩序というテーマである。もろもろの記号(しるし)を，上位の，立派で不可欠な運命のアルファベットとして読むという錯覚のテーマである。
　『前日の島』においても，作者は一種の無能を痛感していて，馴染みのない建築法で支配された世界を話題にしているのである。

　すでに言ったことだが，ロベルトが私には，遠い出来事とダフネ号上での彼の経験とを衝突させて，さながら運命の絆，根拠，記号(しるし)を見つけ出そうとでもしているかのように思えるのだ。ところであえて言うと，カザーレの日々への回想が，船上での彼には，若者ながらも，世界は馴染みのない建築法で連節されてきたことを徐々に学ぶよすがとなった諸段階をたどるのに，役立っているのである。*2

---

*　U. Eco, *Il nome della rosa*, *cit.*, p. 495.
*2　U. Eco, *L'isola del giorno prima*, *cit.*, p. 50.

こうして,これら三つの先行小説の世界を映す鏡,裏返しになる『バウドリーノ』は,世界の秩序がたんに,他人の願望の投影に過ぎないのだ,ということを物語ることが可能となるのだ。

　そう,でも僕にはいつも起きたことなのだが,僕がそれを見たとか,こうこう語っているこの手紙(ひょっとして僕が書いたのだったかも知れない)を見つけたとか言うや否や,ほかの人たちは別のことを期待してはいないと思っていたんだ。いいかね,ニチェータさん,あんたが想像したことを言い,彼の人たちがそのとおり,とあんたに言うとき,あんただってそれを信用してしまうよ。こういうわけで,僕は茂みに出かけて,森の中で聖者たちや一角獣たちを見たんだ。そして,誰なのかも知らずに,皇帝に出くわしたとき,僕は皇帝の言語で彼に話しかけ,彼に言ったんだ,サン・バウドリーノが僕に告げたところによると,貴下はテルドーナを征服してしまっているのだろうし,聖者たちも貴下らに敵対しているものと貴下らは確信しているし,だから,貴下は僕を僕の親父から買い上げたというわけですね……と。*

信じること,真理を構築すること,規則を設けること。エコには,情念から離れた態度,または,文化への虚無主義的な立場があるとしても,テクストと彼との関係はそれほど複雑ではないであろう。エコが記号学者であるのは,彼が文学や世界に対してのずうずうしい解釈を信じないからでもある。彼は防御するために記号学者になっているのだ。しかも,あまりに防御するので,彼は記号論そのものに対しても懐疑的な記号学者となっている。彼はバスカヴィルのウィリアムの言葉を自己のものとしてもかまわないだろうが,しか

---

*　U. Eco, *Baudolino, cit.*, pp. 35-36.

しまた，カゾーボンの言葉や，ラ・グリーヴのロベルトの考えを自己のものとしてもかまわないだろうし，また彼はバウドリーノのアイロニックで，逆説的な，それでいてこの上なくずる賢い戯れを楽しむこともできるであろう。そして，過度の防御のせいで，語りのメカニズムを解体したり，記号論をパロディー化さえしたりする必要性や，アイロニーが飛び出しているのである。

たとえば，『第二のささやかな日記帳』の中から，子供の数え歌についての——真面目半分，冗談半分の——テクスト分析の遊びを取り上げてみよう。「アンバラバ・チッチ・コッコ——整理だんすの上の三羽のフクロウ／彼らは医者の娘に／ぞっこんいかれていた。／だが母さんがフクロウたちに叫んだ……／アンバラバ・チッチ・コッコと」。ここでも，引用，注，分析方法のやり方は，以下のように，見るからに非の打ちどころがないものである。

　しかしアングロサクソン学派の超単純化への反動として，グレマスやパリ学派は，この歌のうちに，基本レヴェルで四つの行為項（主体，対象，補助者，反対者）を突き止めたり，フクロウ，少女，整理だんす，母さんを人名学の下に役割り化させていることを浮き彫りさせたりした後で，二つの語りプログラムを個別化していたのである。*

「整理だんすの上の三羽のフクロウ」がかくもアイロニカルに厳密な研究に適しているのに反して，"第一の"『ささやかな日記帳』では方法は批評上，より慣例的である。このことに関しては，アヌーク・オーマ教授がはるか以前の，1980年に遡る考古学的再発見に関して著名な集団を教育している論文『断片集』がみんなにとって有効である。実際，『今日のリズムと歌謡』(*Ritmi e canzoni*

---

*　U. Eco, *Il secondo diario minimo, cit.*, p. 173.

d'oggi）と題した小冊の詩歌集は，この時期に属しているのだ。しかも「ピッポはそれを知らない」というカンツォーネの歌詞が，以下のように，失われた文明の貴重なテクストとなっているのである。

　ブリタニカ百科事典がこの作者について述べていることを信用すべきだとしたら，われわれは劇作家ルイージ・ピランデッロに帰さなくてはならない——「だがピッポ・ピッポはそれを知らない，彼が通ると都全体が笑う……ということを」を（またおそらく，このイメージからは，同時期の英詩，英詩人トーマス・スターンズのジェームズ・プリュフロックの歌の中に，それの適切な対応物が見いだされはしまいか？）。*

しかし二つの断片（互いにほぼ20年を隔てて書かれた）の源にあるのは，論理の虚脱状態，三段論法への意識的な侵害，一般的な主張における故意の誤謬である。『第二のささやかな日記帳』の中で，エコはこういうことをすべて"悪教"（Cacopedia）と呼んでいる。「言い換えれば，循環的・調和的な教育に，邪悪で歪んだ教育を対置させた語源法」*2 である。悪教は，『フーコーの振り子』における"洗濯屋の伝票"のような遊び——つまり，何でもない一枚の紙が，解釈次第で，洗濯屋のレシートとも，あるいは，世界征服のための残忍な陰謀の指し図が記された写本における謎のテクストともなりうるようなもの——なのではない。悪教とは，エコの罠の一つなのだ。悪教の悪教（悪教の極限）をつくることもできようし，悪教で悪教を失効させたり，エコでエコの根拠を覆したりすることだってできるだろう。カゾーボンにひどくお気に入りの偽の考え，バスカヴィルのウィリアムの打ち捨てるべき手段，そして，若きロベルトが世界は見馴れぬ建築法を通して連節されていることや，

---

*　U. Eco, *Diario minimo, cit.*, p. 22.
*2　U. Eco, *Il secondo diario minimo, cit.*, p. 153.

（ロベルトも参加する）カザーレの攻囲が「無意味な歴史の一章にほかならなかった」* と悟るときの、あの遅々たる学習、これらとてもそうなのだ。だが、みんなが話をしており、誰もがほとんど何も知らない、オリエントの、プレスター・ジョンのあの王国に到達したい、というバウドリーノの欲求とても、やはりそうなのだ。この王国は、バウドリーノが個人の百科事典——彼の中世百科事典——を通して、想像し、記述し、物語っている。彼はこの王国を誤魔化しながら物語るのであり、誤魔化した後でついにはこれを信ずるに至り、しかもこれを探し求めに出掛けている。われわれが創造し、組み立てるからこそ、事物は存在するのだからだ。それらがそれらの存在を有するから、だけではないのだ。「……僕の生の問題は、僕が見たものと、見たいと欲したものとをいつも混同してきたということにある」。*2

したがって、パロディーと懐疑とがあるわけだが、しかしまた、探求、方法、さらには定式すらもがあるのだ。エコが1962年に『開かれた作品』*3 という論集を刊行したとき、イタリアの一部のヒューマニストたちや文学者たちをもっとも怖がらせた局面の一つは、彼らの文化からはなはだ隔たったいろいろの道具をしっかりと操っていたことだった。たとえば、基本的なロガリズムの使用を想定した、情報理論のような。エコ本人も『開かれた作品』の1976年のポケット版への序文で、こう書くことになる——「私はこれほど立腹した大勢の人びとを見たことはかつてなかった。まるで私が彼らの母さんを侮辱したかのようだった。芸術についてこんな話し方をしてはいけない、と彼らは言ったのである。彼らは私に罵詈雑言を浴びせた。たいそう面白い数年だったのである」。

『開かれた作品』はデリケートな箇所に触れていたのに対して、

---

* U. Eco, *L'isola del giorno prima*, cit., p. 51.

*2 U. Eco, *Baudolino*, cit., p. 35.

*3 U. Eco, *Opera aperta*, Milano, Bompiani, 1962.

たった1年後に出た，だがそれより4年前に遡るテクストも収めた『ささやかな日記帳』は気晴らしみたいなものだった。* だが，エコの『ささやかな日記帳』はモンダドーリ社のシリーズ"リトマス"（Il Tornasole）の中に収められたものだけではなかった。1958年に，テイラー社からデダルスなる著者名で出た小冊子（番号入り500部）は，『自由な哲学者たち』（Filosofi in libertà）と題されていた。この韻文による哲学は10年前から，哲学の学生たちや野次馬たちの間で，正真正銘のカルトブックとしてゼロックス・コピーで流布していたのだが，エコはこれの再刊をいつも避けてきたのだった。その後，このテクストは『第二のささやかな日記帳』の一部として収められ，作者の説明的な注釈が付け加えられたのである。その出だしは，「多方面からの要求に応じて，私は《自由な哲学者たち》……を再刊することにする」*2 となっていた。内気な，たぶん困惑気味な，たしかに思慮深い言葉だ。

実際，エコも急いで強調しているように，この「冗長な話は1958年9月，ヴェネツィア国際哲学会議の折に，サン・マルコ広場のバルの中で，イタリアのもっとも素晴らしい哲学者たち（および，イタリア語を話す若干の外国人たち）から成る聴衆を前に読まれたのである」。*3 彼にあっては，一見したところ，聡明な哲学者の遍歴書生詩人風な遊びと思われかねないテクストを呈示するのに，ある種の慎重な気配りがなされているのである。

当時，エコはボンピアーニ社の"試論集"シリーズの監修をしながら，ミラノのイタリア放送協会（Rai）で働いていた。1967年ボ

---

* 　エコの書誌では，『ささやかな日記帳』への書評は多くない。1963年版および1975年版に関して現われた書評は合計10点くらいだ。1963年には，イタリア文学界の注目は『開かれた作品』のような，より重要なテクストのほうに向けられていたのである。

*2 　U. Eco, *Il secondo diario minimo, cit.*, p. 201.

*3 　*Ibid.*, p.201.

ンピアーニ社から出た『開かれた作品』ポケット版への序文の中で，エコは当時を回想して，大いなる実験と熱中の時機だったと述べている。彼の事務所はルチャーノ・ベリオを所長とする音楽文献学研究所の二つ下の階にあった。「マデルナ，ブーレーズ，プーセール，シュトックハウゼンがその前を歩いて通っていたし，口笛の振動，話し声の真四角な波や，白い音で満ちていた。当時，私はジョイスの仕事をしており，夕方をベリオの家で過ごしたり，キャシー・バーバリアンのアルメニア料理を一緒に食べたり，ジョイスを読んだりしていた」。*

　この韻文の哲学でもって，少々の慎重さを見せるのは時宜を得ていたから，彼は偽名でそれを発表するのだ。しかも彼はまだ，美学の大学教授資格を得ていなかった（やがて1961年にそれを取得することになる）し，危険は高いわけだ。40年前の学界はユーモアのセンスを欠いていたのだ（よく考えてみると，今日だって欠いている）。とにかく，当時はもっとひどかった。それに，ルイージ・パレイソンとアウグスト・グッツォとが議論を交わしたうえで，出版に値いするものと決した，聖トマスについての卒業論文*2 をもってトリーノ大学を卒業したドットーレが，次のような韻文を書けば，醜聞をかもしかねなかったのである。

San Tommaso l'Aquinate
le due *Summe* ha elaborate
con il fare suo giocondo
per ridurre tutto il mondo
a un sistema di risposte

---

*　U. Eco, *Opera aperta*, Milano, Bompiani, 1976, p. V.
*2　U. Eco, *Il problema estetico in san Tommaso*, Torino, Edizioni di Filosofia, 1956. 改訂再版は，*Il problema estetico in Tommaso d'Aquino*, Milano, Bompiani, 1970.

calibrate e ben disposte
che, con formule sagaci
senza fallo sian capaci
di spiegar nel loro intrico
dal buon Dio sino al lombrico.

聖トマス・アクイナスは
二つの『大全』を練り上げた，
面白いやり方で。
全世界を平均の取れた
よく配置された
答えの体系に還元するために。
賢明な定式をもって
間違いなく説明できるようなものに。
神からミミズに至るまで
その複雑なもつれをも。*

　今日，この詩節を再刊するに当たって，エコはこのテクストに関しての自らの立場がどういうものなのかをよく説明してくれる短い答えを付け加えている——「こういう饗宴的興奮のそれぞれを支配していた倫理的な高い理想はいつも，学問上の絶対的正しさのそれだったのである。これは来たるべき世代への訓戒——戯れるがよい，だが，真面目にだ——となるべきものなのだ」。*2 アイロニックなように見えるし，おそらくそうなのだろう。エコは「倫理的な高い理想」のような表現を用いるのに慣れてはいない。以下において，実際には，防御のあまり，攻撃にもなっている箇所を挙げておく——「哲学史に関して私が戯れの詩節を書いたことを非難なさらな

---

*　U. Eco, *Il secondo diario minimo, cit.*, p. 214
*2　*Ibid.*, p. 202.

いでください。私は国際会議でそれを作り，有名教授たちにこれを読んで彼らを楽しませたのであり，そして最後に，これらの詩句は学問的に完璧なのである。そして結びとしては，それらはやはり倫理的な高い理想を有しており，冗談への正当な欲求をたしかに満たしているのだ，しかも真摯に」。

　以上はエコの逆説の一つ，学者として彼がもっとも心をくだいてきた局面の一つなのである。このテーゼを裏づけるためにうってつけの場合を引用することができる。ドメニコ・ポルツィオが言及していることなのだが，＊ エコは第一の小説『バラの名前』を書いたとき，ポルツィオおよび他の友だちにタイプライターで書かれた数部を贈り，それに質問——こんな小説が自分の学者・教授としてのイメージを害することにはなるまいか？——を付していたとのことだ。でも，『バラの名前』がベストセラーとして考えられたことはもちろんなかった。ひょっとして，たくさんのラテン語を読んだり，神学論争を通して作中人物たちを追跡したり，曖昧な異端各派に入り込んだり，アリストテレスに関するあれこれの論争で終わったりする気のある，インテリ層には適した，中世の，哲学的な，洗練された物語として考えられたかも知れないにしても。エコがこの本についてこれほど心配していた以上，「自由な哲学者たち」という冗長な話に関して，彼がどれほど心配したかどうかは想像にお任せする。

　＊　D. Porzio, "Umberto Eco", in AAVV, *Perché loro*, Bari, Laterza, 1984, pp. 169-191.

体系としての不信

　だが,そういう懸念はエコの不信の一面にほかならない。彼は自分自身までをも疑っている,不信のインテリなのである。1975年に彼のもっとも野心的で体系的な学術書『記号論概説』* を出版したとき,序文への題辞として出ていたのは,パスカルの思想——「私が何ら新しいことを言わなかった,と言われたくはない。材料の配置は新しい」*2 ——である。これとても防御行為なのだ。だが,これ以上の何かを含んでいる。つまり,記号論は何も創造しないのであり,既存のものを整理し説明するだけだ,といっているのである。

　これは何も記号論だけに当てはまるのではない。彼が第一の小説を書くときにも,物語を語ることはもはやできないということを,彼はすぐさま明確にしている。1982年の私の一連の質問に対して書面で答えたとき,エコはこう主張していたのだ。

　　私は言わゆるポストモダンの文学は深淵の構造に基づいて存在
　　しているのだと思っています。それは無垢の喪失であり,赤頭巾
　　ちゃんを語ることはもはやできず,できるのは赤頭巾ちゃんにつ
　　いて述べた数々の書物の話を語ることだけだという意識なのです。
　　今やリアーラ〔ピンク・ロマンの女流作家〕の書物は深淵にあるわけではないし,
　　われわれ(私と彼女)がそれらを読むとしても,おそらくそうい
　　う〔深淵にある〕ことにはならないでしょう。*3

＊　U. Eco, *Trattato di semiotica generale*, Milano, Bompiani, 1975.
＊2　Pascal, *Pensées*, 22 ed. Brunschvicg.
＊3　エコの筆者宛ての私信(1982年5月5日付)。

エコは『バラの名前』について，また，50歳近い教授がいかにして小説を刊行するという決意をしたかについて語っていた。そして，真に独創的な何かを創作したがる人からあらゆる素朴な希望を取り去ってしまう，今し方引用したばかりのような，現実主義的言明に加えて，エコはこうも付言していた。

　なぜ私が書き始めたのか？　やりたくてです。たぶん，私がやる術(すべ)を知らなかった何かをやりたいという意欲，つまり，若くあり続け，新しい試練に身を曝す一つの方法なのでしょう。若くあり続けるためには，いつも通学し，新しい試験を受けるしかありません。ちょっと考えてみてください。若くあり続けるために新しい恋を求める人でも，新しい試練に身を曝すためであるかのように，恋をするものです。ちょうど『青い天使』のウンラート教授が老人ながら，なおもローラ・ローラから愛されうるかどうかを見たがったように。でも彼のドラマは落第させられたのです。*

　エコは進級した，しかも彼の本はイタリアおよび外国でお世辞の書評をいろいろと収穫したのだったが，しかし彼は本当は作家の服を着用しなかった。本がひとりでに旅するがままに放置していたのだ。舞台のそでの背後にせいぜいプロンプターとして居残り，そして，あまりにも説明し過ぎたり，言うべき以上にはるか多くのことを言ったり，自らの意図を言明したり，批評家たちには自分で書いた本だけが語り得るものだとの不屈の確信でもって彼らを黙らせようとしたり，といったことをしている作家たちを疑うように彼はいざなったのである。
　エコにとって大事なのはテクストだけなのであり，彼は文学とは，何も創造されることのない，ただそこにあるもので飾り付けするだ

---

*　*Ibid.*

けの，再配置すべき巨大な庭なのだ，という感じを与えている。しかし，これは見え見えのはにかみである。なにしろ，エコは可能な場合には，気づかれないでゲームに再登場しており，エキストラとして舞台に居合わせているからだ。つまり，朝食の盆を手にしたボーイが登場し，極めつけのせりふを言って，観衆を茫然自失の状態に陥らせるのである。

『バラの名前』にあっては，彼の巧妙さがどこにあったかと言えば，見せたり見せなかったり，批評家たちには発言するかと思えば後でより適切な時機にそれをカットさせたり，といったやり方である。この小説が刊行されてから数カ月後に，彼は日刊紙「ラ・スタンパ」に対して，この本を執筆することは，「数多くの昔からの強迫観念から自分を解放する一つの方法」だったと明言することになる。けれども，その強迫観念がどういうものなのかは説明しなかった。* また，『「バラの名前」覚書』の中では，エコはこれらの数多くの昔からの強迫観念を，距離をもって扱っていた。「ある時点で私は自問した——中世は私の日常の想像界なのだから，直接この中世で展開されるような小説だって書けるのではないか，と」。*2

---

* エコがこう主張したのは，1980年10月に，「ラ・スタンパ」紙の付録 "Tuttolibri" のために，レナータ・ピスから受けたインタヴューにおいてである。
*2 『覚書』の別の箇所では，エコは興味深い一つの個人的な話も物語っていた。「家族ハイキングに出て，野外で焚き火をしたとき，妻は私に対して，木立の間に燃え上がり電線伝いのように進む火花に注意しないことを責めた。その後，彼女が大修道院の火事に関する章を読んだとき，驚いて叫んだ——《すると，あなたは火花を見ていたわけね》。それに対して私は答えた，《違うよ。でも俺は中世の修道士がどう火花を見ていたのかを心得ていたのさ》と」（谷口勇訳『「バラの名前」覚書』而立書房，1994年，16頁）。後には，廉価版 *Il nome della rosa* ("I grandi tascabili Bompiani") の別冊付録（Milano, Bompiani, 1984, p. 13）としても出ている。

エコが自身とその小説との間に張っているのはフィルターなのだが、このフィルターはもろもろの情念を浮遊させたり、これらを混合させたりしている。このフィルターは『フーコーの振り子』になってようやく抜け落ちるであろう。このときには、エコはより直接的にプレイすることになろう。『振り子』は『バラの名前』の続篇であり、その最後の数ページから、つまり、図書館の火事から、アトソンが炎に包まれた迷路から運び出す書物の残骸から、生まれるのである。その最後の一ページの中で若き修道士はこう書いている。

　私が辛抱強く再編成した最後に、小図書館として、あの消失した大図書館の印、断簡、引用、未完の完全文、書物の破片から成る図書館として、私の前にデザインが出来上がった。このリストを読み返すほど、ますます私はそれが偶発事の結果であって、いかなるメッセージも含まないことを確信するのである。*

　この"偶発事"が『振り子』では"陰謀"と化すのである。誤った辞典、狂気の世界の写本、不可能な無限の図書館どうしの短絡(ショート)から生まれた陰謀なのだ。だが、この小説には注意深い読者が見逃がし得ない何かがある。つまり、宇宙の定点、「方物流転の責め苦からの唯一の解放」としての振り子、だけは存在しないのだ。自伝に触れているページ、そのふと出くわす行にはなはだ酷似したページが存在するのだ。世界の運命を変えかねないような、恐ろしい、邪悪な計画を指示する物語の一部となるにはデリケート過ぎるほどのページが。
　またしても「サン・バウドリーノの奇跡」の中には、こういうページを読むための鍵の一つが存在するのである。いかなる作家とても、もろもろの決定を偶然に任せたりはしないものだし、面白いこ

＊　U. Eco, *Il nome della rosa, cit.*, p. 502.

とに，エコは一連の参照指示があたかも彼を遠ざけ，かつ語りの責任過多から彼を解放してくれるとでもいうかのように，それら参照指示を通して物語ることを選んでいるのである。実際，エコはカゾーボンなる名前の人物を通して，一人称で語られた小説を書いている。しかしそれから，彼はベルボなる第二の人物に，より自伝的なページを委ねている。ベルボは小説を書く意図はいささかも持ち合わせていないのだが，――言わば遊び半分に――コンピューターで文学的作り話の練習をするのである。ベルボについては，『振り子』の語り手たる作中人物がこう言っている。

　彼は創作することを考えてはいなかった。彼は書くことにひどく恐怖を覚えていたから，それが創作ではなくて，電子工学的性能の証明，体育実技だということを悟っていたのだ。しかし，見馴れた固有の幻影を忘れてしまって，彼はその遊びのうちに，50歳の男にふさわしい，戻り青春を実行するための定式を見いだしつつあったのである。*

さらに一段と洗練された遊びは，『前日の島』で行われるのである。ロベルトは或る話を語った日記を残す。この日記はあまり明らかでないさまざまな変遷を経た後，とうとう語り手の手に入り，それを読者に物語ることになるのだ。だが，この日記は一つの小説を含んでいる。フェランテなる名前の想像上の弟と，ロベルトの愛人，それに，この二人がとうとう前日の島の方向へ行ってしまい，そこで難波する話である。したがって，語り手が語る日記は，ある時点からは，小説を物語ることになるのだ――たとえこの本が日記や小説の助けなしに終えることができるにせよ。こうして，物語られた話の部分的なコントロールは語り手に戻されているのである。*2

＊　U. Eco, *Il pendolo di Foucault*, cit., p. 27.
＊2　実際，語り手はロベルトのことを知っていることになる。なに

体系としての不信　33

こういうコントロールは『バウドリーノ』においてもしっかりと保たれている。とどのつまり，バウドリーノは誰かに或る話をする語り手なのだが，読者はこの話がどれほど確実で，真実であるのか，語られたことがどれほど正しいものなのか，それとも逆に変更されているのか，こういうことを知ることは決してできないのである。この場合，エコは方法論的な正真正銘の覚書を自家薬籠中の物としているのだ。主人公バウドリーノの話を聴く人物が，ほかならぬ大歴史家ニチェータ・コニャーテなのも，偶然ではない。また，バウドリーノがニチェータ・コニャーテに羊皮紙を差し出し，後者がその小説を開いてみると，そこにはバウドリーノが故郷の俗語で数ページ——自分の数々の災難の始まり——を若い時分に書き綴ってあった，ということも。ただ残念ながら，この羊皮紙には元来，まったく別の話も含まれていたし，それでバウドリーノはその上に書き込むために，言葉を次々とこすり取りながら，その話を消し去ってしまっていた。

　オットーが『年代記』執筆を再開した年に，皇帝は自らの偉業をも称えるよう彼に要求していた。そこで，オットーは『フリードリヒの事績』を書き出したが，これを終えることはなかった。1年以上後に没したからだ〔中略〕。こういうわけで，この善良

しろ，この小説を手にしているのだからだ。さらに，語り手はその小説の中で別のテクストを報告し，また，この別のテクストをもって，テクストの内部に含まれた別の小説を報告することしかしていないことになる。したがって，語り手はもろもろの事件を動かすのではなく，それらをすべて報告していることになる。しかし，語り手が知っていることを証示している箇所が一つだけある。それは写本の最後のページの前の最後に当たる465ページだ。このページは，グリーヴのロベルトは語ることができなかったであろう。このページでのみ，しゃれを弄して申しわけないが，語り手は語り手となるのである。

な男は一面では，世界が悪化してゆく『年代記』を書き直したのだが，他面では，世界がますます良くなるしかあり得ない『事績』も書き直していたのである。これは矛盾していた，と世人は言うかも知れない。そのとおりだったのだろう。私としては，『年代記』の初稿では世界がますます悪化してゆくことになっており，それで，あまり矛盾しないために，『年代記』を書き直してゆくにつれて，オットーはわれわれ哀れな人間たちにますます寛大となったのではないかと想像している。しかもこのことを私は掻き立てるために，初稿をこすり取ったのである。ひょっとして，初稿が残っていれば，オットーは『事績』を書く勇気がなかったかも知れない——この『事績』を通して明日には，フリードリヒがなしたことや，なさなかったことが語られるであろうからだ——し，またもし私が『年代記』の初稿をこすり取ることをしなかったとしたら，フリードリヒはわれわれが彼がやったと言っていること全体を，やらなかったことになっていたかも知れないのである。*

歴史の逆説だ。しかしまた，現実と小説，虚構と真実との，それぞれの間の移行がいかに不安定かということの確証でもある。むしろ，これは移行以上に，共存であり，一言をもってすれば，曖昧さである。おそらくバウドリーノは嘘をついているのだろうが，しかし，この小説の或るページでも言われているように，「偉大な歴史にあっては，小さな真実（複）がより大きな真実になるように，それらを変更することもできるのである」。*2

---

*　U. Eco, *Baudolino, cit.*, pp. 44-45.
*2　*Ibid.*, p. 525. このことに関しては，エコではよくあるように，彼の『バウドリーノ』のテーマに先んじて，エッセイ集が出ていた。『バウドリーノ』の刊行される2年前の1998年に，彼は四つのエッセイを合本して『嘘とアイロニーとの間』（*Tra menzogna e ironia*, Milano, Bompiani）なるタイトルの下に発表したのである。これらのテーマは，彼のこの最新の小説において中心をなしているのだ。

アンパーロと振り子

　1990年の論集『解釈の限界』* の中で，エコは二つのエピソードを語っている。一つは『フーコーの振り子』に関して，もう一つは『バラの名前』に関してである。二つのエピソードとも，「解釈の問題とは無関係」ながら，「文学といかなる関係もない——または，まだ関係がない——実用的領域で，ときどきテクストが成長すること」*2 を説明できるのである。第一の場合の，『フーコーの振り子』に関して採り上げることにしよう。

　この小説には，一人物，つまり，アンパーロなる名前のブラジル人少女がいる。

　　なぜこの名前を選んだのかを，私は知らなかった。これがブラジル人の名前ではないことには気づいていた〔中略〕。この小説が出版されてから数カ月後，ある友人が私に尋ねた，「どうしてアンパーロなのかい？　これは山の名じゃないのか？」そして，それから彼は説明するのだった，「キューバの唄に，アンパーロ山を挙げているのがあるんだ」と。しかも，そのわけを私に暗示してくれたのだ。おお，何たることよ。私もその唄はよく知っていたのだ。歌詞はひとつも憶えていなかったのだが。その唄は，1950年代の中葉に，当時私が恋に陥った，カリブ出身の少女が歌っていたものだった。彼女はブラジル人でも，マルキストでも，黒人でもなく，またアンパーロのようにヒステリックでもなかったのだが，明らかに，私がラテンアメリカの少女を構想する際，

　＊　　U. Eco, *I limiti dell'interpretazione*, Milano, Bompiani, 1990.
　＊2　*Ibid.*, pp.122-123.

自分がちょうどカゾーボンと同年齢だったこともあって，無意識に，私の青春時代の別のイメージを思い出していたのである。この唄は確かに私の脳裡に呼び戻されたのであり，私は偶然に選んだとばかり思っていた，アンパーロの由来がここに説明できたのである。すでに述べたように，この話の利点が何かと言えば，この話が私のテクストの解釈にとってまったく無関係ということであり，アンパーロはアンパーロなのであり，あくまでもアンパーロはアンパーロなのである。*

　実際，アンパーロなる名前を解釈することは一つの好奇心に過ぎない。だからこそ，エコはそれを物語る気持ちになっているのだ。だがよく注意すべきは，これは彼が読者たちを選んでいる，専門家たち向きテクストの中でのことだという点だ。

　しかし，好奇心がはるかに複雑な可変項を検討させるときには，エコは『フーコーの振り子』の出版の後まで，そういう可変項を，『解釈の限界』のような学術論文集においてさえ強調してはいないのである。そして，これは不可避なことなのだ。

　たとえば，ヤーコポ・ベルボがコンピューターで書いた物語の中で，青春時代の重大なエピソードが展開する場所の名前を省いておきながら，ランゲについては大雑把に語っているのはなぜなのか？ そういう場所の名の箇所にはアステリスクが付いている。「ぶどう園に囲まれた丘——おっぱいの形をした丘と言われているのだっけ？——の上の孤立した，＊＊＊の家とか，国土の辺境，人の住む最後の街路の入り口に通じた道を記述すること」。*2 場所がどこかは重要でない。重要なのは，エコがそれを言いたがらないこと，それを——明示的に沈黙することにより——はっきりと隠していることなのだ。

---

*　*Ibid.*, p. 123.
*2　U. Eco, *Il pendolo di Foucault, cit.*, pp. 94-95.

エコのような，他人のテクストを読む洗練された読者からすれば
——ここでしゃれを弄することを読者諸賢にお許し頂きたい——，
多くの人びとから以下のテクストのような一つの細部が見逃がされ
はしまいということが，見逃がされることはあり得なかった。なに
しろ，その場所＊で小説は終わっているし，また，みんなが『振
り子』の中に熱烈にかつ危険にも探し求める真理のあの断片も，そ
の場所でおそらくつかまえられたであろうからだ。

　ブリッコの岩層帯に沿って，ブドウの木の並木が遠々と延びて
いる。それらを自分は知っているし，自分の年頃には同じような
ものを見たことがある。数についてのいかなる学説でも，それら
が昇っているのか降っているのか〔中略〕をかつて言えたものは
ない。深夜に，今朝，私はパリから出発したし，あまりにも多く
の痕跡を残してきた。私がどこにいるのかは，それら痕跡がやが
て言い当てさせてしまう。間もなく連中がやってこよう〔中略〕。
それなら，ここに居残り，待ち，そして丘を眺めるほうがましだ。
　それにしても美しい丘だわい。＊2

　問題は地名学では決してないのだ。小説の中でヤーコポ・ベルボ
がコンピューター上で語っているのも，やはりアステリスクしか付
いていない場所で起きた彼の青春時代のエピソードなのである。

　ヴィオットロはヴィオットロ隊の集合場所だった。汚くて大声
を発する田舎の少年たちの。私はあまりにも都会っ子だったし，

＊　関心のある読者のために言うと，その場所はランゲの縁の，アス
　　ティ地方のニッツァ・モンフェッラートのことである。エコの著作
　　では，ニッツァ・モンフェッラートは，*Diario minimo, cit.*, p. 117
　　（ただし間接的に）と，*Il secondo diario minimo, cit.*, p. 333 とに引用
　　されている。
＊2　U. Eco, *Il pendolo di Foucault, cit.*, pp. 508-509.

彼らを避けたほうがましだった〔中略〕。ヴィオットロの少年たちは，カナレット隊の少年たちに比べて貴族だった。この名称は，集落の中でももっとも貧しい地区を今でも貫流している，かつての急流（干拓用排水路になっている）から採られていた。カナレット隊は実に不潔な，ルンペンで，乱暴だった。*

1964年エコが書いた記事は後に，『ささやかな日記帳』第2版の一部に付加されたのだが，それは「息子への手紙」と題されていた。そこで語られている自伝的エピソードは実際上，『振り子』の中でベルボが思い出しているものなのである。

　わたしの少年時代はそりゃあもう戦争一色といってもいいくらいだった。灌木のしげみから旧式の火縄銃を撃ってみたり，たまに駐車している車があればその陰に隠れて自分の連発銃を連射したり，白兵戦の指揮をとったり，血なまぐさい戦場で倒れたりして遊んだものさ。〔中略〕モンフェッラート城に避難したら，無理やりストラディーノの部隊に入隊させられて，尻蹴り100発，鶏小屋監禁3時間なんて入隊歓迎式を受けることになった。*2

"ヴィオットロ"は"ストラディーノ"となっているが，しかし尻蹴り100発はやはりベルボが喰らう義務なのである。この話が『振り子』の中では以下のように語られている。

　隊長が前進した。マルティネッティはそのとき私にはのっぽのようで，はだしで怒り狂っているように見えた。私は尻蹴り100発を喰らわねばならない，と彼は決めていた〔中略〕。私は甘受

---

*　*Ibid.*, p. 95.
*2　U. Eco, *Diario minimo, cit.*, p.117.〔和田忠彦訳「息子への手紙」，『ウンベルト・エコの文体練習』（新潮社，1992年），56頁〕

した。壁に押しつけられ,二人の憲兵によって両腕をつかまれたまま,はだしで100発の殴打を受けた〔中略〕。それから私を兎小屋の中に30分間閉じ込めることにし,その間,彼らは喉頭音を発して会話を楽しんでいた。*

少なくともこのページでは,ベルボがエコであることに疑いはないし,その確証は話のエピローグからもなされるのである。『ささやかな日記帳』の中で,ストラディーノ隊に徴募され,入隊式に耐えた後のことをエコはこう記している——「戦いの相手はリオ・ニッツァの傭兵隊という,勝つためなら手段を選ばない手強い奴らで,初めて戦ったときには,私は怖くて逃げ出したんだ」。*2 『振り子』では,"リオ・ニッツァ"が"カナレット"になっており,子供たちは「実に不潔な,ルンペンで,乱暴」である。そして,エコは初めは怖くて逃げるのだが,「二度目のときには口に石をぶつけられてね,それで今でも舌で触ると口の中に石つぶが残っているような感じがするんだ」。*3 ベルボも初めは逃げるのだが,二度目のときには,

　土くれが飛び始めた〔中略〕。無血の石合戦だった。ただし,私にとってはそうではなかったが。明らかに,石の心(しん)を隠している土くれが,私の唇に当たり,唇が裂けた〔中略〕。実際,私の右下の犬歯に当たるところには,石つぶの跡が残っているし,その上に舌を通すと,振動,身震いを感じるのである。*4

こういう解釈に対して,エコはこう反論できるかも知れない

---

* U. Eco, *Il pendolo di Foucault, cit.*, p. 95.
*2 U. Eco, *Diario minimo, cit.*, p. 117.〔和田忠彦訳,56-57頁〕
*3 *Ibid.*, p. 117.〔和田忠彦訳,57頁〕
*4 U. Eco, *Il pendolo di Foucault, cit.*, p. 97.

——私はベルボではない，私の少年としての過去の一部をなす経験の遺物をベルボに帰しただけなのだ，と。私がこういう解釈をしたのも便宜上からであって，このエピソードに私が自伝的な価値を持たせたかったからなのではない。

　しかもここで私は，エコがその折々の書き物を通してバラ十字会員，テンプル騎士団員，または別の何かであることを証示した，と言うつもりはない。私がより真摯に主張したいことは，彼のマイナーな書き物を読むことが，そのもろもろの小説についてもっと何かを把握する土台となるのだということ，また——全般に——エコの作品は，記号論から韻文の笑い話に至るまで，相互に距たったいろいろのテーマを扱うときですら，哲学体系の首尾一貫性を保っているということ，これである。だがまさしくこの点で，大きな誤解が生まれる。本書の冒頭でもすでに指摘したように，世間の常識ではエコは冷たい記号論的機械——相互に異なるさまざまなテーマや論議を接近させたり，聖なるものと俗なるものとを結合させたりすることができる機械——と見なされている。

　エコはこういう常識を決して育んだのではなくて，一つの点をいつも強調してきたのである。つまり，《私が書いているものの意味はテクストに訊いてください。私はそれについてあなた以上に知ってはいないのです》と。『「バラの名前」覚書』の中でエコは書いている——「強迫観念は存在する。それは決して個人的なものではないし，書物は相互に直接語り合うのである。そして，真の探偵捜査なら，証明しなくてはならないのだ，わ̇れ̇わ̇れ̇が罪人であるということを」。* 今回は罪人はエコ本人なのだ。つまり，強迫観念は存在するし，しかもそれは個人的で̇も̇あるし，たしかに書物は（もちろん，エコのそれとても）相互に直接語り合うし，そして，真の探偵捜査なら証明しなくてはならないのだ——作者が存在しており，

---

　*　谷口勇訳『「バラの名前」覚書』，90頁。

しかも彼は固有の強迫観念を育む術(すべ)を心得ている、ということを。

　もう一例を、やはり『フーコーの振り子』という解釈学の訓練場から採り上げてみたい。物語の或る時点で、エコは美人アンパーロの後に、カゾーボンをブラジルへ送り込んでいる。ブラジルはエコが熟知している国の一つであって、彼はサンパウロ大学で講義するために、1966年に初めてここに赴いたのである。サンパウロではカゾーボンはカンドンブレの儀式を目撃する。言うまでもないが、エコは「レスプレッソ」誌のために書いた2通の通信の中で、この儀式をすでに語っていた。一つの通信はまさしく1966年に遡り、第2信は1979年のものであり、その後、エッセイ集『欲望の7年間』*の中に再録された。

　『振り子』のページを、「レスプレッソ」誌や『欲望の7年間』のそれと関係づければ、実にありふれたことになるであろう。明らかに、エコはブラジルのいろいろの儀式を語ることが必要になると、彼の個人的経験から汲み上げることができるのである。だがここには、より以上のものがあるのだ。つまり、かなり似かよった、断片的な話、繰り返し現われる人物たち、実に興味深い結び、があるのだ。

　まず、1966年の旅の通信から始めよう。エコがこの国を訪問するのは初めてである。彼は見聞することを物語っているのだが、その読み方は、もっとも見つかりそうにないところでヨーロッパの印を探す左派の若き教授のそれである。関心、好奇心や、距離も存在する。そこで、初めてエコはウンバンダの儀式が行われているテン

---

*　1966年、「レスプレッソ」誌はエコの通信を2回に分けて掲載した。1966年10月23日（XII）の「革命の日曜日」と、1966年10月30日（同）の「魔法使いは左手で開ける」とである。1979年の旅に関しては、エコは「オリシャーは誰の側についているのか？」と題する記事を、1979年12月16日（XXV）の「レスプレッソ」誌に掲載した。今日では、*Sette anni di desiderio*, Milano, Bompiani, 1983, pp. 22-29 に所収。

トの中に入り込む。ブラジルの数人の友だちと一緒だ。そのうちには，地方の民俗学者ソラーノ・トリニダーデの娘である，ブラジルの少女ラケルもいる。

　私たちと一緒に，ラケル〔中略〕もいた。シェンベルクの弟子で，したがって，神秘的な関心を持たず，進歩的な政治的立場に立っている，善良な画家，聡明な黒人女性だった。その彼女が恥ずかしいことに（「信じられない，かかりたくなかったのに！」）トランス状態に陥り，通路の上にバッカスの巫女みたいに倒れ込み，ウェスタに仕える巫女たちにつかまれ，白衣を着せられ，頭を振り動かし，目を大きく見開き，イェマンジャと巧みに踊り，それから，ぐったりと身を投げ出したまま，精神分析学者の視線から逃れようとするのだった。＊

『フーコーの振り子』の中のアンパーロも，同じ経験の犠牲者となっている。同じように，当惑，恥辱，失意から成るフィナーレで終わっている。彼女には次のことが振りかかるのである。

　私は彼女が踊りの最中，急に身を投げ出すのを見た〔中略〕。カンボノスたちは彼女の世話をし，儀式用の服を着用させ，彼女のトランス状態が終わるまで彼女を支え続けた〔中略〕。彼女は託宣を乞いにかけつける人を迎え入れるのを拒んで，泣き出した〔中略〕。「まあ恥ずかしい」とアンパーロは言うのだった，「私はかかりたくなかったのに，どうしてかかったのか知ら？」」＊2

しかもこれだけでは十分でない。1979年に「レスプレッソ」誌上に載せた記事では，エコはカンドンブレのテントの中での出来事

　　＊　「魔法使いは左手で開ける」（既出）を参照。
　＊2　U. Eco, *Il pendolo di Foucault*, cit., pp. 170-171.

を語っているばかりか,文献レヴェルでも,この問題についての深い知識があることを思い出させている(「何百冊を擁する図書館がある……」)。しかも彼が行っている推定や主張は,『フーコーの振り子』の中で,ほぼ同じ言葉をもってアリエの口からも発せられることになるのだ。1979年の上の本文中では,「ドイツの女流心理学者が虚空の中をぼんやり見つめながら,リズミカルに踊っている」。* 『振り子』では,「女性たちのうちには,いくにんかヨーロッパの女性もいた。アリエは何年も前からこれらの儀式を追跡してきた〔中略〕ブロンドの,ドイツの女流心理学者をわれわれに指し示した。彼女は虚空の中をぼんやり見つめながら踊っていた」。*2

ほかにもまだある。エコはその記者かたぎな通信の中で,「その儀式が終わった」とき,「われわれは呪い師から別れを告げた。私は彼に,私がどのオリシャーの息子なのかを尋ねた。彼は私の目を覗き込み,私の手の平を調べて言った,オシャラー*3 のだ,と。私は冗談に,友だちの一人に対して,君はシャンゴの一人息子なのだものな,と言ってやった」。*4

『振り子』でも,カゾーボンに同じことが起きている。

　われわれ銘々はそうとも知らずに,あるオリシャーの息子だったのであり,しかもどのオリシャーの息子かを言うこともしばしばできたのである。私は自分が誰の息子なのかと熱心に尋ねた。ヤロリシャーは当初受け流して,はっきりと確定することはできないと言ったのだが,それから,私の手の平を調べ,指の上に載

---

*　U. Eco, *Sette anni di desiderio*, *cit.*, p. 26.
*2　U. Eco, *Il pendolo di Foucault*, *cit.*, p. 169.
*3　エコが言及しているところでは,神の位階でオシャラーはあらゆる神々の父オログンの直後に位置する。民間の諸教混合主義は,オシャラーをイエス・キリストと同一視している。
*4　U. Eco, *Sette anni di desiderio*, *cit.*, p. 27.

せ，私の目の中を覗き込み，やおら言うのだった，「あんたはオシャラーの息子だよ」と。*

　エコが幼児の思い出からブラジルの儀式に至るまで，個人的体験を分からなくしようと腐心しないのはなぜなのか？　エコは『フーコーの振り子』を出版したとき，ブラジルについてのあの旧い記事を誰かが脳裡に浮かべるかも知れない——なにしろ，少なくともこれらのうちの一つは5年前に出た本の中で読めるのだから——ということを熟知していた。また，彼は『ささやかな日記帳』が彼のもっともよく売れた本の一冊であり，しかもその中には，ストラディーノ隊のエピソードが出ていることをも知っていた。

　私がここに引用しているのは，謎めいた，未刊の古い，再発見されたテクスト，日記の私的なページなのではなくて，エコの本を知る人には周知のページなのだ。だからこそ，これらエピソードはより際立った意味を帯びているのである。すなわち，作者エコはカゾーボンも彼と同じように，オシャラーの息子であり，ベルボも唇の中に同じ石つぶが残っており，アリエも彼の本を読んだ人のように語るのだ，ということを言わんとしているのである。彼は自伝的な痕跡や勘違いを放置しているのだ。彼には小説の中に入り込み，自分自身を語る必要があるのだ。

　最後に，もう一つ極めつけの面白い局面がある。1966年の二つの記事と1988年の『振り子』との間では，ウンバンダとカンドンブレという諸教混合的な礼拝式——より一般的には非合理なもの，神秘なもの——に対しての異なる態度が見られるのだ。1966年10月30日の「レスプレッソ」誌上に掲載された記事の中で，エコは「正真正銘の新参者たちは暴力や，それへの抵抗を弱めるための手順や，ほとんど催眠的な陰謀を耐え忍んでいた」と書いていた。

---

*　U. Eco, *Il pendolo di Foucault, cit.*, p. 152.

『振り子』にあっては，アンパーロがトランス状態に陥る少し前に，語り手は言っている——その少女が「大声で名前を呼ばれた」，すると「防御のあらゆる意志を取り上げられた」，*と。ここにあるのは，異なる態度，より大きな疑念，または，あまり超然としてはいない立場である。他方，この小説が，「そのとき私は振り子を見たのだ」という文言で始まるのも偶然ではないのだ。そして，この文言がもう一度だけ語り手によって繰り返されるのが，まさしくアンパーロがトランスに陥る瞬間——「そのとき，私はアンパーロを見たのだ」*2——なのだということも。黒人女性アンパーロを支配する大声，曖昧な呼び声を，宇宙の唯一の定点，フーコーの振り子，に対しての語り手の狼狽と，一緒に結びつけているものは何なのか？　たぶんその回答がこの小説なのだろう。

『振り子』では，すべての登場人物が自伝的である。カゾーボン，ベルボ，がそうだし，ベルボがコンピューター上に書くときもそうだし，アリエがその秘教研究を語ったり，カゾーボンに対して，エコが「レスプレッソ」誌の読者たちに「サント・アントニオや，コスマおよびダミアーノの両聖者……もオシャラーの系譜に属する」のだとか，「1888年のルイ・バルボーサの法律は奴隷制を廃止しているが，奴隷に生まれ変わった社会的地位を授けてはいない……」と説明しているのと同じように，説明するときもそうなのである。

だが，エコには二つの可能性があったのだ。つまり，これらの物語を変更して，これらを分からないようにしてしまうか，または，事態をありのままに放置して，テクストどうしに語らせる（それにより，解釈の義務を読者に委ねる）か，の二つである。したがって，エコは小説の中に残された自伝の痕跡には配慮しなかったし，むしろ——この先見ることになるが——そういう痕跡をはっきりと認めることであろう。また，『バラの名前』では，自伝は副次的レヴェ

---

*　*Ibid.*, p. 170.
*2　*Ibid.*, p. 170.

ルに属していた。言い換えると，これはエコが多年にわたり参照した書物全体の物語だったのだ。ところが『振り子』では，作者はさらに危険を冒すのであり，自分を隠したりせず，ページの間に自分を探らせる可能性を読者に与えており，こういうことを彼は気にとめてはいないのである。不信の体系が開始されるのであり，作者が登場するのだ。この小説では，エコはカゾーボンにベルボがわが身を打ち明け，話し続け，それからついに，バル"ピラーデ"が閉まり，別れを告げる瞬間がくると，「僕がこの瞬間までずっと語ったすべてのことは嘘なんだ。お休み，カゾーボン」*と言って終えるときのようである。

『振り子』の陰謀計画とても，500ページを通して一見，首尾一貫性をもって紆余曲折した後で，嘘と化しているのである。『バラの名前』の謎めいた犯罪とても，偶然的な運命の所産と化しており，バスカヴィルのウィリアムをたしかに真実へと導くのだが，しかし，それは誤った道を通ってなのだ。そして，小説のフィナーレでウィリアムが解決に到達したと考えるとき，ブルゴスの老ホルへは，こんな言葉で彼を凍らせることになる——「あんたは理性に従って僕のところにまでたどり着いたことを誇らし気に見せびらかしているが，あんたは間違った理性に従ってここにたどり着いたことを見せびらかしているんだぞ。ざまあみろ！」すると，ウィリアムはこう答えることしかできないのだ——「あんたには参った。お手上げだよ，まったく。でも，かまいはしない。俺はここに着いたんだ。」[*2]なぜウィリアムが参ったかと言えば，修道士たちが暗殺されるための黙示録的図式が存在しなかったし，偶然のしるし——しかも犯人が自らをそれに合わせている——にことはかかわっていたからである。「俺は犯人の動静を解釈するために誤った図式をでっち上げた

---

* *Ibid.*, p. 61.
*2　U. Eco, *Il nome della rosa, cit.*, p. 474.

のだが, 犯人はそれに合わさってしまったのだ」。* また, 犯人のホルヘはこんなアイデアは誰かから聴いていたし, またウィリアムのほうでもそれを「納得がゆく」と思っていると見通していた, と言い返している。「だから儂は確信したんだ, 儂に責任がないこれらの失踪は, 神の計画に支配されているのだ, とね」。*2

だが, 中世の修道士にとってこの計画は神意によるものでしかあり得ず, しかもヨハネの黙示録を通して啓示されるほかはない（「われらの時代には各人がヨハネの黙示録に取り憑かれている……」とウィリアムも言っている）とすれば, アリエおよび工芸学院の同僚にとってはその計画は魔性的となっており, ほかの数々のテクストを糧にしているのである。しかし両方の場合とも, 誰かがそれを真面目に受け取るのであり, 誰かが或る間違い, 無意味な或る遊びのせいで生命を落とすのである。第四の小説で再び中世に戻るとき, エコはもっと遠くへ突き進むことになろう。彼は犯人が順応する結果になるような論理を構築したりはしないだろうし,〔洗濯屋の〕出費リストの誤った解釈に基づき陰謀を演出したりはしないであろうが, それ以上のことをやらかすであろう。つまり, 前提を見てから, 可能な唯一の一歩を踏み出すであろう。嘘を極限の結果にまで導くであろう。バウドリーノが, 亡くなったばかりの父親の椀を聖杯だと決める以上, それは聖杯でなければならないことになるであろう。しかも, これは他人を欺かねばならないからではなく, そういうものと信じ込まなければならないからでもなくて, 事物に意味を付与すること, 世界を創造することは, それらを現実のものたらしめることを意味するからなのだ。このことが『バウドリーノ』において極めて明白になるのは, 魅力的である。この作品の一部はそっくり, 聖遺物を用いたり, 偽造したりすることに割かれている

---

* *Ibid.*, p. 473.
*2 *Ibid.*, p. 473.

のだ。偽の遺物が本物となるのも、まさしく、それが遺物となり、ある役割りを引き受けるからなのだ。プレスター・ジョンの王国へ向けてのバウドリーノと仲間たちの旅全体は、聖杯が彼らに贈与されるために企てられるのだが、その聖杯たるや、実はアレッサンドリアの一農夫の椀に過ぎない代物なのだ。こんなものはみな、まったく重要でない。何の意味もない。バウドリーノ本人にしても、キリストが最後の晩餐で飲んだコップを入手しはしないことを熟知しているのだが、それでも、件(くだん)の物が依然として神聖であり続けることを知っているのである——たぶん、プレスター・ジョンの王国が存在しないことを熟知しているのと同じように。それでも同じように旅に出かけるのである、しかも1回ではなくて、優に2回までも。

　君も言ったとおり、ある遺物を本物と信ずれば、そこから香気が感じられるんだ。僕たちは僕たちが神を必要としていると考えるだけなのだが、しばしば神も僕たちを必要としているんだよ。あのとき僕は神を助けなくてはならぬと思ったんだ。われらが主が使用されたのだとしたら、そのコップはきっと存在したはずだ。もし紛失していたとしたら、それは誰か愚か者のせいだった。それで、僕はその聖杯をキリスト教にもどしたというわけさ。神は僕を嘘だと責めたりはなさるまい。その証拠に、僕の仲間たちがすぐさまそれを信じてくれたよ。聖なる椀が彼らの目の前に置かれていたんだ……。*

バウドリーノは、ウィリアム、ベルボ、カゾーボンができなかったところに到達しているし、また、グリーヴのロベルトが失敗しているところで勝利している。バウドリーノは世界を構築し、その中で生きるのだ。彼はそれを現実になるようにしようと腐心したりは

---

　* U. Eco, *Baudolino, cit.*, p. 287.

しないで，他人がそれを信じうるようにしているのである。だが，エコのほかの小説では，事態はこうはなっていない。ウィリアムとベルボ，カズーボンとアトソンに，保証された論理を与えても十分ではない。この上なく賛嘆すべき論理の背後でも，何かが逃げ出すし，怪物を生じさせる。それは歴史主義的楽天主義が言わんとするような"理性の眠り"なのではなく，理性のもう一面なのだ。『フーコーの振り子』では，ヤーコポ・ベルボがカズーボンに対して，愚鈍に関する自分の考えを説明している一節がある——「馬鹿でも正しいことを言うこともできるが，しかしそれは間違った理由からだ」。*

　本当だ。振り子の鉄線で縛り首にされたベルボを蔑ろにすることで，論理のごく基本的な規則を誤解しがちな愚者たちの群れから，狂人たちの小さな前衛は支持されるのである。面白いことに，推論や演繹法に基づいて自分の小説（そのほかのものは言うまでもない）を組み立てるほど，論理の効用をたいそう信用している男が，作中人物たちをまさしく論理的破局に至らしめているのだ。すなわち，カズーボン，ベルボ，バスカヴィルのウィリアムが考案する計画は，彼らの頭の中以外には存在しない。グリーヴのロベルトにしても，魔性的な計画とも黙示録のラッパと結びついた暗殺とも無関係なのだが，結局は失敗している。彼は求めてもいなかった冒険を無理強いされて，とうとう，カスパル神父の計算を信じ始め，そして，自分の船の前には，前日という，不可能なものが存在すると考えるのだ。だが，エコのすべての作中人物のうちで，ロベルトは真に破滅する人物なのである。なぜなら，論理が彼にいかなる助けをも与えないばかりか，文学も，彼がそこで宙ぶらりんのまま残されている定点を克服することを彼に許さないからだ。論理や策略をもってしても，想像力や物語をもってしても，その島にたどり着くことはできないのである。

---

　*　U. Eco, *Il pendolo di Foucault, cit.*, p. 59.

こうして，彼らがことごとく滅びるのは，彼らが他人――ブルゴスのホルヘ，ベルナール・ギュイ，アリエとその魔性者たち――の狂気，また，バード博士の船にロベルトを派遣する枢機卿マザランの全能の夢すらもの，犠牲者であるからなのだ。バウドリーノは例外であって，彼は犠牲者でも，殺し屋でもない。そうではなくて，彼は自前で遊び，そして，彼自身で作り上げているものを探しに出かけるのだ。問題は，東方の王国の存在を確かめることでも，それを信じることでもないことを，彼は熟知している。だが，真に重要な唯一のもの，それはそこへ到達する道である。旅のための旅である。
　この点に関して，エコは「サン・バウドリーノの奇跡」の中で，面白くて，しかもはなはだ意味深い話を語っている。トリアッティ殺害がアレッサンドリアに知らされたときの話である。

　　トリアッティが銃撃されたとき，大騒ぎになった。アレッサンドリア人が興奮するのは時たまなのだ〔中略〕。それから，ラジオが介入したし，バルタリがフランスの自転車レースで優勝したというニュースが広まった。いわゆるマスメディアの見事な操作が，イタリア全土で作用したのだ。しかし，アレッサンドリアではそれほどは作用しなかったし，われわれは抜け目がないから，自転車競技の小っぽけな話でトリアッティのことが忘却させられたりはしない。ところが突如，1機の飛行機が市役所の上に現われた。宣伝の垂れ幕をつけた飛行機がアレッサンドリアの上空を飛行するのは，おそらく初めてのことだったろう。何の宣伝だったかは思い出せないが。これは魔性的計画ではなくて，一つの偶然だった。アレッサンドリア人は魔性的計画に対しては疑い深いが，偶然にははなはだ寛容である。群衆はその飛行機を眺め，この新しい方策をいろいろコメントした。それから，みんなは帰宅した。その日はもうこれ以上面白いことがなかったからだ。した

がって、トリアッティはひとりで切り抜けねばならなかったのである。*

アレッサンドリア人エコも、偶然には寛容なのだが、魔性的計画には疑い深いのである。私はあえてさらに言いたい——彼の魔性的"計画"は偶然の産物にほかならないのだ、と。だから、この寛容さには不信も混っていることになる。

---

* U. Eco, *Il secondo diario minimo, cit.*, p. 336.

ドン・ティーコのトランペット

　エコが寛容さを示しているこの偶然（caso）がときには，一つのきっかけ，機会（Occasione）となることがある。『フーコーの振り子』の，ベルボの秘密のページには，まさしく，つかまらない機会について語っているページがある。「生死を正当化する，決定的瞬間がすでに過ぎ去ったことに気づかずに，機会を探して人生を過ごすことがどうしてできようか。それはもう戻ってこないし，しかも，それぞれの啓示みたいに，充満していて，きらめき，豊饒だったのを取り返すこともできはしない」。＊

　ベルボは幼時をランゲの＊＊＊地方で過ごす。戦争が終結しつつあり，パルチザンたちが山から降って来る。多くの人びとはナチのファシストたちの最後の砲火で殺されている——そのうちの二人は近くの村の出身者だ。ベルボは田舎の楽団（バンド）でトランペットを吹いており，とうとう彼に好機が訪れる。彼は斃れた二人に敬意を表して荘厳に，トランペットを高々と響かす。「右腕を肋骨のほうに曲げ，手先を軽く下のほうへ，カービン銃を扱うかのようにトランペットを持ち，頭を高くし，腹を引っ込め，胸を外へ出して待っていた」。＊2決定的瞬間であって，「パルチザンたちは《気をつけ》の姿勢で直立していた。生者たちも死者たちのように不動だ」。＊3 ベルボはその注釈をまるで太陽に届くことを欲するかのように，長々と引き延ばしている。

　聖杯はコップなのだが，槍でもあると彼に言った者は誰もいな

＊　U. Eco, *Il pendolo di Foucault, cit.*, p. 501.
＊2　*Ibid.*, p. 499.
＊3　*Ibid.*, p. 500.

かったが，杯形に掲げられた彼のトランペットは，武器でもあれば，甘美極まりない支配の道具──天のほうへ矢を放ち，大地を神秘な極と結びつけるための道具──でもあった。宇宙でもかつて持ったことのないユニークなこの定点は，ほんの一瞬，彼の一息で〔中略〕それを存在させるのだった。この日の，ヤーコポ・ベルボは真実を目に焼きつけていた。彼に与えられるであろう唯一のものだった。なにしろ，彼が学びつつあった真実は，真実が極めて短い，ということだからだ（後はコメントに過ぎない）。*

戦争は終わった。都市に戻るところだ。幼児エコが家族とともに馬車に乗り，爆撃された都から疎開して行く途中，日に照らされた空間に級友ロッシーニを見分けたと思った，あのときから２年が経過していた。ベルボ（そしてここでは私は小説の作者と小説の作中人物とをわざと混同させたいのだが）は，彼の機会が去ったこと，そうとも知らずに彼が真実に少し触れたことを理解しなかった。父親は，都ではきっとトランペットを鳴らすことができまい，と彼に告げるのだ──「お前が音楽を好きなのなら，ピアノのレッスンを受けさせてやろう」。

だが，エコが奏でているのはトランペットではなくて，情念も勤勉さも込もった，すらっとしたフルートである。彼のいろいろのテクストからしても，彼が幼少時から地方のバンドでトランペットを吹いたという証拠は出てこないだろう。だから，この点につきエコから直接，決定的な言葉を求めるだけでの甲斐はあったのである。すると，私宛ての手紙でエコはこう書いて寄こした。

　　　私がトランペットを吹いたという証拠はない，とあなたは言われる。だが，実際に私はジェニス（注─アルト・ビューグル）やトラ

---

*　*Ibid.*, p. 501.

ンペットを，まさしく『振り子』が語っているとおりに，吹いたことがあるのです。トランペットのエピソードはすべて自伝的なことであり，私には証明する写真もあります。それに，小説が出てから，作中人物ドン・ティーコ（実はチェーリ）は当時私が吹いていたジェニスを私に贈呈してくれたのです。＊

　吹奏楽器は，甘美極まる支配の道具，聖杯の槍に転化することができる。また，エコのその後の小説においても出てくる。『前日の島』の中で，エコはグリーヴのロベルトがアマリッリ号に上船するのを待つ間，オランダの或る大聖堂に入り，そこで或る人物を見た，というよりもむしろ，聴いたありさまをこう物語っている。

　その静寂の中で，ある音，悲しくメロディーだけが聴こえた。その音は柱頭か，くさび石から出て，象牙のような白い虚空を通ってさまよっているようだった。それから，彼は或る礼拝室の，合唱隊の回廊に，もう一人が黒服を着て，片隅でただ独り，吹き口の付いた小さなフルートを吹きながら，ぼんやり空中に目を見開いていることに気づいた。
　少し後で，音楽が終わると，彼に近づいて行き，献金すべきかどうかと尋ねた。すると当人は相手の顔も見ないで，賛辞に謝意を表わした。そのとき，ロベルトは当人が盲目だと気づいた。その人物は鐘つき係（der Musicyn en Directeur van de Klokwerken, le carillonneur, der Glockenspieler, と説明しようとした）だったのだが，しかし夕方には，教会内外の墓地で談笑している信者たちをフルートの演奏で楽しませることも彼の仕事に属していたのである。＊2

＊　著者の手紙（1992年3月23日付）。
＊2　U. Eco, *L'isola del giorno prima, cit.*, p. 216.

だから，聖杯が戻ってきても，しかも最近の三つの小説では違った役目をもって戻ってきても，驚くには当たらないのだ。だが，毎回何か別のものがある――『振り子』ではそれが幼児のトランペットであり，エコが手紙の中で語っているあのジェニスを奏でる欲求であるにせよ，『島』ではそれはずっと後年に想起される，遠いフルート，遠い音楽であるにせよ。『バウドリーノ』では，通過儀礼，家族の思い出なのであり，しかも，皇帝フリードリヒまでもが信じる，異常な遺物となっている。聖杯は小説『バウドリーノ』の中では，言わば深淵での繰り返しなのだ。エコの都アレッサンドリアの創建，そこの人びとについての彼の物語は，万人のための物語となるのであり，みんなは，世界の物事が霧と平原の中に孤立した小っぽけな場所から出発してどのようになってゆくのかを理解することを学ぶであろう。アレッサンドリアの守護聖人の名を表題としたエコの小説は，世界中を回ることになるだろう――ちょうどバウドリーノの父親の椀が聖杯となり，そして，遠くてあり得ざる世界を征服したり，知ったりするのに資するようになるのと同じように。さながらロシア人形マトリョーシカにおけるように，エコの最新の小説にあっては，それぞれの物語がそれぞれもう一つの物語を含んでおり，次々に少しばかりより大きくなってゆくのだ。たとえば，アレッサンドリアは皇帝フリードリヒをもたらすし，皇帝フリードリヒはヨーロッパの運命を，西洋の運命はオリエントのキリスト教王国の探求をもたらす，等々。しかし，すべてはそこから，つまり，ポー川流域の平原の抜け目のない一少年から，発しているのである。

海の向こう側の, 樹木の間に

　一歩後退することにしよう。『前日の島』はスペイン人が定点 (punto fijo) と呼んできたものの探求についての本である。難破——無人船での難破——についての本である。「それでも，私は自分の屈辱を自慢に思う」，とは小説の書き始めの謳い文句である。「しかもこういう特権を余儀なくされているものだから，忌避された救出をいわば享受しているのだ。思うに，人間が記憶する限り，私は無人船の上で難破した，人類で唯一の存在なのだ」。* この小説には，書物も図書館も存在しない。さまざまな思考と討論から成る小説なのである。優雅な論争趣味では17世紀風だし，語り構造ではかなり複雑だ。少なくとも15年前からエコに随伴してきた強迫観念のいくつもの章から成り立っている。

　『バラの名前』は「昔からの強迫観念」より自己を解放するための一つの方法だった。この小説は1970年代を閉じてから，不寛容の時期を物語るために中世に戻っていた——ブルゴスのホルヘという，笑いの敵にして，神への恐怖に支えられた宗教的正統性の守衛 (1970年代を通じてずっと，背後から発砲されたり，閂(かんぬき)を掛けられたりして苦しめられ続けた，さまざまな正統派のあの擁護者たち全員に酷似していた) を介して。だが，『バラの名前』はこれだけではなかった。それは，ほぼ成人した時期の熱烈な信仰を棄て去り，神への思いから解放されるために青春時代を通過してきたひとりの男の本でもあったのだ。1988年の夏，『振り子』の初稿が出回ると，これが恐ろしい本であること，昔からの強迫観念がアリストテレスの『詩学』第2巻に止まらないこと，もっとはるかに中心点をなす

---

*　U. Eco, *L'isola del giorno prima*, *cit.*, p. 5.

のは，もはや笑い，違反ではないことが，容易に理解できたのである。『フーコーの振り子』が『バラの名前』よりもはるかに複雑な本であることは，われわれもすでに指摘しておいた。これは文体上でも纏りがあまり取れていないうえに，より冗長で，脱線しており，罠や，秘教的，魔法的な本やで満ちあふれている。第一の小説は中世の大修道院の中にすべてが位置づけられていたが，第二の小説は群衆（mezzo mondo）の中に据えられている。前者は中世の図書館に関する博学な研究だったが，後者はほぼ千年間を縦断する秘教テクストへの熱狂だった。前者の構造は硬かったが，後者は開かれており，あるページでは決定的に自伝的だった。しかし，『振り子』はなかんずく，別なものだった。つまり，これは，エコの昔からの強迫観念が別の形を取って戻ってきたものなのだ。狂った解釈学の息子としての世界が，数々の陰謀を産み出す。しかも，もろもろの事件に合理的な意味を授けようとした少数者に対しても，世間のあらゆる悪魔救済論者たちは陰謀を企てるのである。『フーコーの振り子』は理性の転移として膨張する小説であり，表紙のフリップも謳っているように，「その作者を眠らせなかった」本なのだ。これは一切を不安な曖昧さの中に混ぜ入れてしまう，あまねく狂気的な本なのだ。

　『前日の島』は『バラの名前』の或る種の統一性，『フーコーの振り子』の柔軟性，仰天させる趣味を共有している。だが『前日の島』では初めて，エコは言葉遣い，表現，記述を言わばマニアのように気遣っている。コード化された規則への侵犯と解される，違反に関しての小説を書き，それから，間違った辞書を用いると，世界がいかにまことしやかな狂気を帯びて現われうるかということに関して，もう一つ別の小説を書いた後でのことなのだ。『島』にあっては，エコが追跡する神は，もはや台詞の遣り取りが好きなそれではない。「神が存在するとして，しかも，旧約聖書の復讐する・意地悪な神ではないとしたら，私は挨拶もしないで，直接地獄へ行くであろう。

もしそれが聖トマスの神であるとしたら、われわれは同じ言葉を話すであろうし、同じ本を読んだことであろうし、ついには同意するに至るであろう」。これは、スピノザの神、汎神論者の神、原子、空気、大地、太陽の神なのだ。

　この小説で起きるすべてのことで、最後に残るのは、深い憂鬱（オレンジ色をした一羽の鳩——到達不能な、前日の島に居る、愛しい女性——を見分けることができない）である。これは、世界のコードを見つけることの不能性についての小説なのだ。またしても？　またしてもである。

　第三の小説が出て数カ月後、エコは公開の席でこう語ったのである——「私の師匠ルイージ・パレイソンは生涯を通して追求されるのは、たった一つのアイデアだ、と私に教えました。この文言には、当時の私は立腹したものです。ところが今日、それが本当だと分かるのです」。グリーヴのロベルトは、一つのあまりにも強迫的な観念（存在しないものが存在しうるという、隠された弟のアイデア）を追求するあまり、小説の中に小説をでっち上げて、不都合な事件を小説家の意志に屈服させている。

　だがロベルトは、すでにわれわれが見てきたように、世界そのものとはすっかり無縁な、小説の国のことを考え始めた後で、とうとう二つの世界を苦労なしに相互に合流させるに至ったし、しかも、そこの法則を乱してしまっていた。彼がその島に到達できると思ったのも、それを想像していたからであるし、また彼女もそこへ到達している瞬間に自分がそこに到達しているものと想像しようと考えたのも、そうあって欲しいと思っていたからなのである。他方、もろもろの事件を欲する自由や、それらが実現するのを見る自由は、小説をひどく予見しがたくさせるものだが、ロベルトはこの自由を現実世界そのものに移しつつあった。つまり、彼は、島へ到達しないとしたら、何を物語るべきかもはや知る由

もなかったであろうという、この簡単な理由からして、とうとうその島へ到着していることであろう。*

だが、すでに『島』にあっても、何かがはっきりしていないし、1994年にこれが出版された当時でも、私には未完の三部作、閉じられざる環のように思えたものだった。強力な記号論の機械が、欲するとおりに結ぶことのできない話を語り始めるのだ。その島——前日の島——は到達できないままなのだ。語り手の意志で、岩礁の上に追いやられた彼の愛人*2 は、彼を待つことしかできないであろう。

『バラの名前』を閉じている数ページは、ブルゴスのホルヘを記号論的火災の張本人と見なしている。この火災は図書館全体を破壊させることにより、痕跡、断簡を残すが、これらは意味効果をもたらし、以後数々の解釈を生じさせる。『フーコーの振り子』のフィナーレも二つの平行した線路の上を走っている。工芸学院で行われる夜の悪魔の宴の、文学上示唆的ながら、アイロニカルでもある、錯乱状態。パリのマレ地区の通りに見つかる悪魔の印を媒介しての主人公の息詰まる追跡。さらにもう一本の線路。ここでは、ピエモンテの甘美な田園が、何らかの真実を孕んでいるに違いない悪夢に、見せかけの秩序を連れ戻す。そしてそういうことは、これは「その作者を眠らせなかった本である」と表紙のスリップで言われているからだけではないのだ。この悪夢は小説のページから出て、パラテクストのページの中に入り込んでいるのである。*3

---

* *Ibid.*, p. 460.
*2　グリーヴのロベルトの現実はどうなのか？　小説の要約された日記の話は、彼の日記のページに付加されるものなのか？　ページの間に何らかの形で姿を現わし、ロベルトよりも知っていることをあちこちで分からせている、作者の話なのか？
*3　この点に関して興味深いのは、『フーコーの振り子』の表紙ジャケットのスリップで「発行人は伝えておくのが適切と考えることが

しかし『前日の島』とても，エコの鏡の遊びを逃がれてはいないのである。

　最後に，この物語から，一つの小説を生じさせたくなれば，私はもう一度明証することになろう。つまり，再発見された写本を再生羊皮紙にしないでは——影・響・の・不・安・からうまく逃がれることに成功しないでは——書くことができはしないということを。また，私があまりにも縷々述べてきたページをはたしてロベルトが書いたのかどうかと知りたがる読者の子供じみた好奇心から，逃げることもしないつもりだ。正直にこう，私は読者に答えるべきだろう——誰かほかの人がただ真実を物語る振りをしようとしただけで，それを書いたということはあり得ない，と。こんなこと

ある。1984年6月23日夜以後，はっきりしない時刻に，潜望鏡が国立工芸学院から消失したことと，自由の女像が内陣席の端のほうへ移されたことである」。以上の文言はイタリック体になっていた。これは読者に大きな不安を搔き立てるためであろう。それというのも，あの悪魔の宴にしろ，小説の現実に属すると確信をもっては言えないことを分からせてくれるからだ。少なくとも，この話がまったく明白とは限らないことを。実際には，ボンピアーニ社とエコが，パリの或る博物館の中を夜，ありそうもないテンプル騎士団がうろつき，悪魔の儀式を人身御供で行うものと信じたりする人は誰もいない。しかし，たしかにテクストはそんなことを語るのだ。そして，上のイタリック体〔傍点〕の数行とても，読者が，小説的なものから脱して，別の次元に入ることを欲しているのである。同じ表紙のスリップで，エコが1932年にアレッサンドリアに生まれた（これは事実だ）ことを明言している。また，工芸院で夜，誰かが品物を動かす（これも本当であるにちがいない）のだ，と。こういう注釈での冗長な脱線は，エコの小説にあっては，語りの次元と現実，世界とがいかに絡み合っているか，ということを説明しているのである。また，作者の"魔性的な"（たしかにそうだ）計算のせいで，これらを相互に分離することがいかに困難極まるか，ということをも説明しているのである。

海の向こう側の，樹木の間に　61

を言うと，私は小説の効果をみな台なしにするであろう。小説ではたしかに本当のことを語る振りをするにせよ，振りをしているのだと真面目に語るべきではないのである。*

『バウドリーノ』でもまたしても，何かフェイントをかけることが起きている。若いピエモンテ男〔バウドリーノ〕が年代記作者ニチェータ・コニャーテにすべての話をした後で，また，このバウドリーノがオリエントに再出発し，失踪した息子，自分のイパーツィア，そして友人アブドゥルの墓を探しに行った後で，ニチェータは博学なパフヌーツィオの許を訪れ，こう尋ねている――「私は歴史作家のひとりですから，遅かれ早かれ，ビザンティンの最期の日々の記録を作成する準備をしなくてはならないでしょう。ところで，バウドリーノが私に語ってくれた話はどこに配置すべきなのでしょうか？」するとパフヌーツィオは答えている――「どこへも入れなくてよろしい。それはそっくり彼の話なんだ。なのに，君はそれが本当だと確信するのかね？」するとニチェータ・コニャーテは，「いいえ。私が知っていることはすべて，彼から聞いたことです。彼が嘘つきだということも彼から聞きました」。

こうなると，哲学者エコは，真実をはるか彼方へ移し，水を混ぜ，確実なことから逃がれていることになる。バウドリーノが語った歴史は，誰も真実だとは言えないのだ。だから，これをあまり語らないほうがましなのだ。またはおそらく，物語ってもかまいはしまい。博学なパフヌーツィオも付言でもするかのように，次の主張で本を閉じている――「君がこの世で唯ひとりの歴史作者であると思うなよ。遅かれ早かれ，バウドリーノよりもっと嘘つきの誰かがそれを物語るだろうから」。*2

---

* U. Eco, *L'isola del giorno prima, cit.*, p. 473.
*2 U. Eco, *Baudolino, cit.*, pp. 525-526.

鳩の島

　『バウドリーノ』では,物語られたことをことごく否定する危険があるとすれば,『前日の島』は僅かな情報しか提供してはいない。これは小説家の本であって,記号学者の本ではない。説明できぬ事柄は存在しない。また,たとえば『バラの名前』のスリップを読むレヴェルでの言及のような,人目を引く文言もない。* この点で,『島』はすべてのうちでもっとも小説的である。この小説に表題をつけるという問題でも,エコが想像した以上に時間がかかったのだった。先行の二つの小説ではエコはそれらの表題に学者としての重みを付与して,必要な距離を見せていた。『バラの名前』に関しては,彼はその表題が偶然決まったかのように述べている。*2 また『フーコーの振り子』に関しては,おそらく,発端にタイトルを決めた小説にわれわれが直面していることが,すぐ明らかとなる。これでしかあり得なかったのだ。しかし,『島』では,事態は違ったふうに進んだのである。小説を書き終えてから,エコは,『前日の島』か,『オレンジ色の鳩』か,どちらのタイトルが好きか,と友

---

*　『バラの名前』も面白いパラテクストを含んでいる。表紙ジャケットの挿図はランス大聖堂の迷路から採られている。しかも本文は4ページ目にこう記している。「表紙の迷路の図式は,ランス大聖堂の床の上にあったものである〔中略〕。この迷路は18世紀に司教座聖堂参事会員ジャクマールが,ミサの間,明らかに邪悪な目的で子供たちが迷路を辿ろうとする遊びがうるさくてうんざりしたため,壊してしまった」。小説の図書館の迷路も若い修道士たちを知識欲に駆り立てたために,破壊されるのである。しかも,知＝肉欲という等式は,エコの三つの小説全体においてはなはだ強力なのである。

*2　「『バラの名前』なるタイトルが私の念頭に浮かんだのはほとんど偶然だったし,これが私の気に入ったわけは,バラがあまりに濃密な比喩的意味に富む象徴であるために,ほとんどすべての意味を失っているからである。」(谷口勇訳『「バラの名前」覚書』,5頁)

だちに訊いたのだった。ほぼすべての人が前者のタイトルを選んだ。エコはまさしく後者のほうが気に入っていて，オレンジ色の鳩に割いた一章をわざわざ付け加えたほどだった。この彼の好みにはもっと深い理由があったからである。*

しかしながら，エコは或るタイトルが別のそれより気に入っているという理由で，自分の小説の10ページだけを割く作家ではない。もちろん，もっと多くのページが存在するのだ。先の数ページでは，『フーコーの振り子』と『バラの名前』が自伝という鍵ではっきり読み取れた。自伝の異版だ，ということもわれわれは探究した。幼児の遊びから出発して，トランペット——正確にはジェニス——によって象徴化される，聖杯の槍に到達した。この楽器をエコは幼児のころに奏でたのであり，その後それをフルートに替えたのである。それからすぐ後には，フルートが『前日の島』の中にも存在することが分かった。また，まさしくヤーコブ・ファン・アイクという，17世紀オランダの盲目の大作曲家にしてカリヨン奏者*2 のそれも存在する。彼の作曲でもっとも有名なものの一つの表題は，『ダフネが絶世の美少女のとき』(*Does Daphne d'over schoone Maeght*) *3 である。しかもダフネはグリーヴのロベルトが乗船している船の名である。これは小説を開始するには，つまらぬことではない。さらに付言すると，グリーヴのロベルト本人が視力に重い障害があり，

---

* このエピソードに関しては，エコ本人が1994年5月初旬，ミラノで彼と行った会話の中で私に語っていた。エコは『前日の島』の語彙的設定をまだ細工中だった。出版期日についてもまだ決定していなかった。この会話の一部はインタヴューの形で，1994年5月13日付の「レスプレッソ」誌（XL）に掲載された（「小説のために髭をそる」"La mia barba per un romanzo"）。「オレンジ色の鳩」の章に関しては，*L'isola del giorno prima, cit.*, pp. 251-260を参照。

*2 フランス語carillonneurには，"鐘つき係"の意味もある。（訳注）

*3 J. van Eyck（ca.1590-1657），*Der Fluyten Lust-hof I*（Edited by Thiemo Wind），Muzikuitgeverij, Huizen, 1986（増補版は1992年）。

黒めがめをかけざるを得なくなっているし，この重い障害は彼の父親が歿した日に遡る（カザーレの攻囲を物語っている章で語られている）以上，この状況は一層面白くなるのである。こういうすべてのことに，エコの本の出版に当てられたイタリア放送協会の「フランクフルト・ブックフェア」特別番組において，彼がジャーナリスト，アルナルド・バニャスコに対して行っている言明を付け加えるなら，いくつかの計算が正確になり始めるのだ。エコはそのとき，インタヴュアーにこう語ったのである。

　カザーレに関する章を，私はニューヨークの息子の家で書いたのです。ルイージ・パレイソンが亡くなったというニュースを知った後でした。私はその章を書くために数日間，家に閉じ込もっていました。まるで，そこのページを終えなくては，という内心の要求を感じみたいでした。*

エコはそれ以上は語っていない。要するに，彼はそうする必要がないのだ。カザーレの攻囲の章が自伝的事実にもっとも結びついていることは明々白々なのだ。同じく，この小説の論理の中では，カザーレのエピソードが知的な長い見習い期間の物語にほかならないことも明白だ。グリーヴのロベルトの父親の死や，若きロベルトのパリへの出発でそれが終わることも。カザーレがエコの大学時代，哲学の発見，を表わすとしたら，小説における父親の死や，エコの師匠にして指導教授たるパレイソンの死は，（エコ本人も確信しているのだが）疑いもなく一緒に結びついているのだ。しかも，それ以上のこともある。すなわち，グリーヴの若者が父親の亡くなった日に犠牲者となる事件（ラッパ銃の弾がこめかみをかすめ，その瞬間から彼は日光に耐えられなくなる）は，決定的要素となるのであ

* 1994年10月5日，イタリア放送協会，Raiunoのアルナルド・バニャスコによるインタヴュー「ウンベルト・エコ」。

る。なにしろ,この事件はオレンジ色の鳩と結びついているし,したがって,エコが欲したであろう本の題名とも——それだから,この本の核心とも——結びついているからである。もっとはっきりさせるために,エコはこう記している。

　一撃が彼の神経に触れなかったのかどうかは分からない。翌日,トイラスがサン・パトリーツィオ・デッラ・グリーヴァのポッツォ氏の葬儀を執り行っていたサン・テヴァージオ大聖堂から出るや否や,陽光に耐えるのがやっとだった。*

そしてすぐ,こう書き加えている。

　今日の精神研究者(プシュケ)たちなら言うだろうように,父親が暗闇の中に入ってしまったから,ロベルトも暗闇に入ることを欲していたことになる。彼は精神のことはほとんど知らなかったが,こういう話の綾(あや)は,後で起きたことの,少なくとも光明,または暗闇へ彼を引きつけたのかも知れない。*2

エコが隠したり,フィルターを作ったりするとき,あまり信用するには及ばない。「今日の精神研究者(プシュケ)たちなら言うであろう……」という文言は,もう少し眺めたほうがよい。エコは第三の小説の259ページで,この問題を解決している。グリーヴのロベルトはカスパル神父がくれた黒めがねなしで,真昼間に,船橋の上へ出ることができ,したがって,フィルターなしに世界を眺めることができるのだ。

　こう推測もできる。おそらく,芳しい空気か海水の治療作用の

　＊　U. Eco, *L'isola del giorno prima, cit.*, p. 72.
　＊2　*Ibid.*, p. 72.

せいもあってか，ロベルトは10年以上も嘘か真か狼憑きにさせられてきた病気から，少しずつ回復したのだろう，と（読者諸賢におかれては，この瞬間から私が彼を船橋の上に四六時中に置きたがっており，彼の文書に偽りの証明が見つからないので作家としての尊大さを発揮して，彼を一切の病いから解放しているのだ，なぞと当て推量しようとしたりされれば別だが）。

　だがたぶん，ロベルトは何としてもあの鳩を見るために，治りたかったのだろう。そして，樹木を虱潰しに調べて日を過ごすためなら，すぐにでも舷墻に駆け寄ったことだろう……。

あのオレンジ色の鳩にはいったい何があるのか？　なぜグリーヴのロベルトとその作者はともに小説を通して，この鳥を樹木のどこか天辺に見いだそうとしているのか？

　カスパル神父も，この鳥の美しさを描述するのは難しいし，それを見ないとその話もできない〔中略〕，と説明していた。それは遠くから火のついた金の球，もしくは金色の火の球が，もっとも高い樹木の天辺から空へとすばやく飛んでいったのを眺めるようだった。＊

「空へとすばやく飛んでいった」。読者諸賢はきっとヤーコポ・ベルボの聖杯をも想起することがおできになろうが，『フーコーの振り子』のフィナーレでも，同じ言葉で語られているのである。

　誰もまだ語らなかったことだが，聖杯はコップで，しかも槍でも〔中略〕あるのだ。それが空へと飛んでいき，大地を神秘な極と結びつけていたのである。＊2

＊　*Ibid.*, p. 257.
＊2　U. Eco, *Il pendolo di Foucault, cit.*, p.501.

グリーヴのロベルトはこの鳩を見ることはないであろう。ヤーコポ・ベルボのトランペットが空のほうへ向いたとき，彼が真理（はなはだ短い）を眼前に眺めたことを理解しないであろう，のと同じように。『島』の最初のフィナーレ（一つ以上のフィナーレがあるのだ）は，ロベルトが前日の島に到達できればとの希望をもって試みに海中に身を投じる前に，最後に樹木の天辺のほうを眺めた，と言わんとしているのかも知れない。

　運命，海水が彼のために決定してしまう前に，私としては，彼がときどき息をつくために一休みしながら，ダフネ号から視線を走らせ，島に別れを告げてしまっていて欲しいものだ。
　向こうの，樹木の天辺から引かれた線の上に，彼は今や鋭敏になった目で，さながら投げ槍が太陽を打とうとするかのように，オレンジ色の鳩が飛び上がるのを見たに違いない。*

　グリーヴの若者のために，いったい誰が決定をするのか？　語りの"運命"が存在するのか？　それとも，語りの中では運命は，前提が与えられれば，もっともありうべき出来事にほかならないのか？　今回はこの質問は無意味ではない。作者は"運命"に訴えているのだ。ロベルトが例の島に到達するのを妨げているのは運命なのか？　それとも作者の——エコの——意志なのか？　また，もう一つの質問だが『フーコーの振り子』の語り手にどういう運命が待ちかまえているのか？　陰謀の主（あるじ）たち，"彼ら"は，語り手を殺すためにピエモンテ任地のあの場所に決して到達することにはならないのだろうか？　またさらに，『バラの名前』の作者は，1968年8月16日にプラハで入手した，あの奇妙な写本のことをどれほど憶

　＊　U. Eco, *L'isola del giorno prima, cit.*, p.465.

郵便はがき

101-0064

東京都千代田区
猿楽町二―四―二
（小黒ビル）

而立書房 行

通信欄

而立書房愛読者カード

書　名　不信の体系　　　　　　　　　　　　　　　　　299―4

御住所　　　　　　　　　　　　　郵便番号

(ふりがな)
御芳名　　　　　　　　　　　　　　　　（　　　歳）

御職業
(学校名)

お買上げ　　　　　　　（区）
書店名　　　　　　　　　市　　　　　　　　　　　書店

御購読
新聞雑誌

最近よかったと思われた書名

今後の出版御希望の本、著者、企画等

書籍購入に際して、あなたはどうされていますか
　1. 書店にて　　　　　　　2. 直接出版社から
　3. 書店に注文して　　　　4. その他
書店に1ヶ月何回ぐらい行かれますか

　　　　　　　　　　　　　　　　　（　　月　　　回）

えていたのだろうか？ あそこ——追跡不能な友人（女性）によって紛失させられたあの写本——では，図書館のいろいろのテクストのことを語っているページがおそらくあったであろうし，アリストテレスの『詩学』第二部の書き出しについてもっと何かが語られていたのでは？ それから，バウドリーノがニチェータ・コニャーテに語り，今度はさらに，語り手が報告しているあの話については言うまでもない。

　これらの質問は一見したところ，無意味のようである。しかし，作家たちはやはりもっともふさわしいと思う運命を彼らの作中人物たちに付与することによって，しばしばプロットを構成する。しかもエコは，この面ではかなり風変わりなのだ。実際，彼は今日まで書いたすべての小説の中で，正真正銘の語り手になる決心をまだしてはいないのである。彼，作家ウンベルト・エコと，その物語との間の距離は，『バラの名前』から『バウドリーノ』に至るまで，形は違うが，いつも存在しているのだ。ただし，『島』では，すべてのことがまだひどく混乱しており，エコは或る人物の書いた手紙を読みながら報告しているのか，それとも，エコはフェッランテなる名前の想像上の兄弟について語る一人物について語っているのか，分からないことがしばしばである。ただし，この本の最後の決定的な章においては，彼，作者だけが，その作中人物についてどうするかを決定できるのである。その人物が波の中で死ぬだろうと察せられる。だが，ここでも面白い局面が生じているのであって，エコとしては，主人公がもう一度オレンジ色の鳩を探し求めることを望んでいるらしい。彼は望んではいても，要求することはできないのだ——論理の命令では，文学的人物はその作者の意図に服従しなくてはならないであろうから。したがって，その人物が鳩を見るべきだとすれば，その鳩を見れば（かつ探せば）よいのだ。いやむしろそうではない。「私としては……であって欲しいところだが」。グリーヴのロベルトならそれをやったろうか？ 神秘の極と再合流してし

まうのだろうか？　それとも，意地悪な人物が，その作者の意志を無視したのか？　おそらく，その作者は彼〔作中人物〕を，変化しやすくて驚かせる運命よりも，不動で予見可能な運命に委ねたであろうから。

　本書のこのフィナーレの部分には，さらに別のフィナーレが続いているのであり，エコはこの先行するフィナーレにおいては，物語や語り体の素晴らしくて完璧な構造全体を忘れさせることに成功している。本書のもの寂しさはあまり老練ではない読者からでさえ見逃がされはしない。しかしながら，『前日の島』はあまり端的な自伝的参照点がないテクストなのだ。たぶん，『バラの名前』よりも少ない。もちろん，『フーコーの振り子』や，『バウドリーノ』よりもはるかに少ない。この作品ではほかの場合以上に，サミュエル・ジョンソンのパラフレーズたる『振り子』中の文言，「記憶装置(メモリー)の文学，そんなものはならず者たちの最後の逃げ場だということを彼も知っていた」＊ が当てはまるように思われる。だがまさしくここ，17世紀の時計とあり得ざる仕掛けとの間，対蹠地点の場所においてこそ，エコの知的経歴全体を縦断する小説を読者諸賢は見いだすのだ。カザーレ・モンフェッラート城の攻囲の数章を，トリーノ大学時代のそれと同定するのは，たぶん容易だろう（が，それほどに？）し，おそらくまったく誤りではなかろう。パリ時代をミラノへの転居の時代と同定することも。また，アマリッリ号での旅や，ダフネ号での難破をば，頃合の年齢に達した男が，自らの人生をあの島――前日の島――や，まさしく過去で象徴化させて，再考慮し熟考し直した，孤独と瞑想として同定することも。だが，こういう読解は，この小説が参照を勤めている幾多の脱線，何百ものディテールを考慮に入れない，遠い観点からなされることになろう。

　とにかく，『バラの名前』は，その構造の素晴らしさを誇示した，

＊　U. Eco, *Il pendolo di Foucault, cit.*, p. 495

ガラスと鋼鉄の建物だったし,『フーコーの振り子』は目に見える要素をより古い部分と混ぜ合わせて,両者を調和的で狂想曲的な建物の中に共存させようとしたし,『前日の島』はガラスもなく,古い天井もなく,固有の複雑さにも,ひょっとしてフィナーレの狼狽そのものにさえ満足してはいない。これらに反して,『バウドリーノ』では,エコは再び物語る歓び,逆説,アイロニー,テクストの快楽,に回帰しているのである――バロックから中世の年代記〔ニュース〕への移行を通して。

嘘と魔法

『バラの名前』は19世紀の中世物である。すなわち，元は1842年に（メルクのアトソンによる14世紀の写本から）パリで印刷されたマビヨンのテクストに端を発し，これはヴァレ神父の本の中に再録され，さらに1960年代末に語り手により記憶をたどって書き写されたものである。したがって，『バラの名前』は19世紀の中世物なのである。それが意味していること——つまり，ロマンチックな中世から永遠の哲学（philosophia perennis）〔トマス・アクィナス〕の中世に及ぶ——のすべてを含んでいる。したがって，ネオゴシック様式,＊陰気,不可解の物語であり，文献学的精緻さにあふれている。ところが『バウドリーノ』では事態は一変する。もう再発見された写本は出てこない。バウドリーノが三人称で，ニチェータにフィルターなしで語る話である。したがって，この本の中世には，ロマンチックなものは皆無であって，これはエコ本人も定義しているように，伝統の中世なのである。

ユダヤおよびアラビアの神秘主義,グノーシス主義,という,もっとも古い知への崇拝が（言うなれば，図像学的に安定したやり方で）形を取った段階なのだ。聖杯伝説,テンプル騎士団の歴史的推移の内に見えるのは，諸教混合主義の中世であり，これらから，錬金術的虚構作り，バイエルンの啓蒙主義者たちを経て，現代フリー・メーソンのスコットランド儀式という，秘法伝授の唯一の連綿たる歴史の巻き物にまで及んでいる。無批判的で反文

＊ 19世紀初頭から後半にかけて生じた，中世ゴシック様式を理想とした建築様式。（訳注）

献学的なこの中世は、暗示と幻想を糧に生きており、同じメッセージをどこにおいても、いかなる口実をもってであれ、いつも見事に解読することに成功している。*

　エコは実際に起きた史実を、前言を翻すような語り体の要素と混ぜ合わせている。つまり彼は歴史を、現代の多くの小説家がやっているように"もしも"（もしもヒトラーが戦争に負けなかったなら、世界に何が起きただろうか？　もしもジョン・ケネディがダラスで暗殺されなかったなら、今日、ベトナム戦争はどのように書き直されるであろうか？　等々）で書き替えることをしない。しかし、彼は計算の技法を変更している。最終結果は同じままだが、問題の展開は変わることになる。したがって、彼はフリードリヒ1世をケルンまたはチュービンゲンで死なせたりはしないが、十字軍の歴史を変えているのである。しかも彼が語る他のすべての移り変わりは、フリードリヒの溺死の前触れになっている。同じことは、1204年のコンスタンティノープル攻囲についても当てはまる。あるいは、今日にまで伝わったキリストの聖骸布*2の歩みについても。ただし、その後バウドリーノ本人に、自ら嘘つきであると言わせる——したがって、事態が本の中に語られているとおりに、ほんとうに進行したことを疑わせる——場合はこの限りでない。

　エコの小説には、歴史の確実さは決してないし、また、小説の確実さも決してないのだ。しかし赤髯帝フリードリヒがバウドリーノという名の養子を持ったことが決してないことは明白だ。したがってまた、この小説を神聖ローマ帝国にとって決定的な数年のニュース——真の年代記(クロナカ)——であると判断したりすれば、われわれは誤り

---

　*　U. Eco, "Dieci modi per sognare il medioevo"〔中世を夢想する10通りのやり方〕, in *Sugli specchi e altri saggi*, Milano, Bompiani, 1987, p. 86.
　*2　トリーノ大聖堂にあるシンドーネのこと。（訳注）

に陥るであろう。なにしろ，出発点が間違っているのだから。バウドリーノが皇帝の養子ではなかった以上，物語られたすべてのことは実在しないのである。したがって，バウドリーノが嘘つきだということはほんとうなのだ。そして，バウドリーノが嘘つきだとしたら，彼の話はますます面白くなる。この語りは別のところへ導こうとしているからだ。そして，その作者が嘘つきのありそうな話を物語るとしたら，ある動機が存在するし，だから，それを見つける必要がある。

　エコの最新の小説は，嘘に基づいている。とりわけ，嘘の必要性に基づいている。では，『バウドリーノ』の最大の嘘は何なのか？ 彼の父親がそれで食べることにしていた皿が，聖杯にほかならないことを物語ることか？　いや，それだけではない。いかなる話も断固たる嘘とともに始まっているのだ。

　　私が相手は誰かも知らずに皇帝に会い，そして彼の言葉で話しかけたとき，私は彼に言ったのである——サン・バウドリーノの言では，皇帝がテルドーナを征服してしまうだろうとのことだ，と。〔中略〕こうして聖者たちも彼ら〔ドイツ人〕に対抗しているものと彼ら〔ドイツ人〕は確信していたし，だからこそ，皇帝は私を親父から買収したのだし〔中略〕，こうして私の人生も変わってしまったのだ，と。*

そして，それは次のように嘘の予言で終わっている。

　「素晴らしい話だった。誰にも知られずにいるとは，残念だ。」
　「きみがこの世でたったひとりの物語作者だなんて思ってはならん。遅かれ早かれ，誰かバウドリーノよりもっと嘘つきがそれ

---

*　U. Eco, *Baudolino, cit.*, p. 36.

を語るだろうから。」*

　小説はニチェータとパフヌーツィオとのこういう科白のやりとりで終わっている。バウドリーノより以上の誰か嘘つきは，語り手以外にはあり得ない。この話を実際に書き記しているのだからだ。だが，ポイントはまさしく以下のことだ。つまり，話を書き記し，アクション（ストーリー）を口語に変えるのは語り手であろうということである。

　1986年，ボローニャ大学で開催された，「『婚約者』の記号論」に関する会議*2 において，エコはこう述べている。

　(i) 経験のある控えめな者たちによって，ほとんど本能的になされる，自然な記号過程がある。したがって，現実の諸局面が人生の各場合についての思慮分別と知識とをもって解釈されるならば，徴候，指標――語の古典的な意味での記号ないしセーメイア――として現われるのである。
　(ii) また，口語の人為的な記号過程がある。これは現実を説明するのが不十分なものとして露われるか，または，これはほほいつでも，権力を持つ目的から，現実を隠すために悪意をもって，明示的に用いられる。だが，こういうことが可能なのも，ことばはその固有の性質上，人を欺くことができるし，他方，自然な記号過程が誤りや過ちを誘発するのは，それが（記号過程を言い直したり解釈したりする）ことばによって汚染されるか，または，その解釈が情念によってぼやけさせられるかするときだけである

---

* *Ibid.*, p. 526.
*2　その後，『「婚約者」を読む』（*Leggere "I promessi sposi"*, a cura di Giovanni Manetti, Milano, Bompiani, 1989）の中に，「『婚約者』における自然な記号過程と言葉」と題して刊行された（現在は*Tra menzogna e ironia, cit.* 所収）

からである。*

　バウドリーノはこの両方の通路を通っている。彼は皇帝に対して，あなたは勝利されるでしょう，と慎重に予告するときには自然な記号過程を実行する控え目な人物なのだが，しかし時間が経過するにつれて，ことばを使うことを学ぶに至る。小説では，彼は書くことを教えられ，それからパリで勉強するように派遣されるのであり，そして周到に解釈された現実についてのこういう徴候，こういう指標が，ことば，読書，示唆で妨害されて，何か別のものとなってゆくのだ。『フーコーの振り子』では主人公たちは出版社で働き，そして，彼らが携っている書物や読書に影響されて，悪魔的な計画を考案する。これに対して，バウドリーノの（ある面では同じ）計画——つまり，プレスター・ジョンの王国を考え出し，それを記述し，物語り，要するに，こういうすべてのことのおかげでそれを探しに出かける——，これにはピエール・アベラール〔1079 -1142〕とほぼ同時代のパリにおける知識人たちのグループの，示唆，読書が必要なのだ。各人がそれぞれ何かを加えているのだ——アラビア人アブドゥルであれ，ユダヤ人ソロモンであれ。だが，プレスター・ジョンの手紙が法王に比して皇帝フリードリヒのほうをより正当化するためにいったん書かれると（かなりはっきりした問題に対しての自然な記号過程，簡単な手品），後でこの手紙がその現実味を帯び，みんなはそれを信じてしまうのだ。この点では，エコの語り体は不変だ。ブルゴスのホルヘは黙示録のラッパを信じる。彼の出発点は簡単なデーター——あまりに〔秘密を〕見過ぎた修道士を死なせること——なのだ。しかもそのうえに，（彼は盲目なのだが）〔自らの想像の中で〕ブルゴスの大きな彩色写本の絵や彼の読書を付け加えている。ベルボ，カゾーボン，ディオタッレーヴィにしても，結局

　＊　U. Eco, *Tra menzogna e ironia, cit*, pp. 26-27.

は，彼らが自分たちで作り出した或るものの犠牲になっている。当初は現実味がなかったのだが，書いてしまうと（洗濯屋の伝票），ことばを通して，権力の手段となるのである。『前日の島』でも事態は同様なのであって，グリーヴのロベルトは愛人と前日の島を探し求める。見つかるのは愛人だけである。というのも，彼は島に到達するための唯一の手段は，可能ならざるものでも欺瞞的なことばを通して可能となるような，小説の中に一つの小説を書くことでしかない，と悟るからである。そして，ことばから現実の事態に辿り着くと，彼はその島に到達するために泳がねばならなくなり，ことばとは無関係な何かをしなければならなくなって，絶望的な局限の試みのなかで死んでゆくことになる。

　ただし——ここで相違があるのだが——『バウドリーノ』では新しいことが生じている。バウドリーノは負けないし，敗者ではないのだ。バスカヴィルのウィリアムとその論理，カゾーボンとその振り子，ロベルトとその定点，といったように，自己自身の犠牲者にバウドリーノは留まりはしない。否，バウドリーノは遊びを徹底して受け入れることにより，勝利するのだ。当初，彼は信じないし，事後も信じない。彼は聖杯が偽だと知っているのだが，ほかの人びとは——皇帝を始めとして——それを信じている。バウドリーノは〔プレスター・ジョンの〕王国が存在しないことを知っているのだが，ほかのすべての人びとはそのことを知らない。ソロモンはイスラエルの四散した部族を追跡したがっており，アブドゥルは愛しているが一度も会えないであろう，あの素晴らしい彼女を夢見ている。ところが反対に，詩人〔主人公〕は自分のために聖杯を必要としている——オリエントの王国を征服するために。しかし，バウドリーノにはそんなことは興味がないのだ。パリで遊び半分に書いた手紙が，彼の友だちにとっては一つの命令となるのだが，彼にとっては否なのだ。

　抜け目のない農夫バウドリーノがみんなを騙し，ありもしないこ

とを信じさせる。ただこれだけのことだったら，話は簡単であろう。欺瞞，嘘，悪知恵の見事な物語ということになる。しかし，もちろん，そんなことはない。なぜなら，バウドリーノは最後には，彼だけが後退して，自分のイパーツィア（半身が女，半身が山羊）を探し求め，彼自らでっち上げたのであろう，あのプレスター・ジョンの王国を再発見することになるからだ。

バウドリーノは自分自身を騙すのか？ それとも逆に，とどのつまり大事なのは書かれているものであって，ほんとうであるかも知れないものではないということを，彼は知っているのか？ この点でエコの四つの小説は相互に鏡のようになっている。そして，最新の小説では，先行の小説において予見するのが難しかった飛躍があるのだ。バウドリーノは何をするのだろうか？ おそらく存在しないであろう，あり得ざる王国を探し求めるために，ユートピアの奴隷となって，死ぬことになるのか？ おそらく。けれども，この小説の最終ページでは，ことばの破綻に直面しているとの感じがもはや存在しない。逆に，ただことばの変容に直面するだけだ。つまり，バウドリーノが物語った魔法世界，これだけが重要なのだ。これだけがあらゆることの原動力なのであり，想像力が現実となっているのである。他方，誰にもほんとうに手綱が取れず，だんだん崩壊してゆく，仮想真実というものがある——バウドリーノの小さな数々の嘘や，さらにそれ以上に彼の虚構作りによって取り巻かれているだけの。それでも皇帝であれ，ニチェータであれ，オリエントの王国のハンセン病に罹った君主であれ，この仮想真実に魅了されるのだが。世界が一つの物語にほかならないとしたら，そこから脱出するのは無用だし，仕方がない。もろもろの情念でぼやけさせられること，また，物語るのを止めないこと，それしかないからである。

昔からの情念

　エコは多年の間，自分自身と長いテニスの試合をやってきている。語り手のエコとエッセイストのエコとの試合をである。エコの最初のエッセイは1954年，最初の小説は1980年であるから，この26年が経過する間に，将来，おそらく物語の仕事に乗り出すことを決して考慮していなかったであろう人物によって，多くのエッセイが書かれたのだった。要するに，エッセイスト兼学者のエコは，敵のプレイを熟知した強者としてエンドラインに語り手のエコを追いつめて，自己防衛を余儀なくさせる，恐るべき敵なのだ。

　だが，またもテニスの隠喩を使わせて頂けるならば，試合を変える山場の時点——ボールが的中する代わりに，ネット上に当たって相手にフェイントをかけ，両フィールドの真ん中で宙ぶらりんになる瞬間——が存在する。言わんとしているのは，ふたりのプレイヤーが出くわし，溶け込むに至るラインが存在するということである。記号学者エコがいくども立ち戻る場であり，その記号論的な仕事において継続的に読み返している唯一のテクスト，それは『シルヴィー』である。エコがネルヴァルの『シルヴィー』に打ち込めば打ち込むほど，彼には輪郭が見えなくなるのだ。このテクストを研究するほどに，テクスト分析の手段が（たとえどんなに凝っていても），一般に信じられていることとは反対に，読者からテクストの快楽を奪いはしないで，むしろこれを増大させることにエコはいよいよ気づくのである。

　　私が『シルヴィー』を20歳のときに発見したのはほとんど偶然だったし，これを読んだとき，ネルヴァルのことはほとんど知らなかった。私はまったく知らない状態でこの物語を読んだので

あり，これに唖然となったのだった。その後，プルーストも私と同じ印象を味わったことを発見した。〔中略〕

　ここ45年間ずっと，私は幾度となくこの物語を読み返してきたし，そのたびごとに，なぜこういう効果が生じるのかを自分自身や他人にも説明しようと努めてきた。その都度それを発見したと思ったが，けれども再び読み返すたびごとに，私は当初と同じように，依然として霧効果に捕らわれていたのである。*

だが，文学批評家のエコがこの小テクストが自身にとっていかに重要だったかを漏らしているとしても，*2 語り手としてはこの問題ははるかにもっと複雑なのである。差し当たり明らかにすべきは，エコが霧効果で何を意味しているかということである。

　『シルヴィー』の雰囲気は「青味がかった，あるいは深紅に染まっ」ているが，この雰囲気は言葉のなかにあるのではなくて，言葉と言葉との間にある。「シャンティイの或る朝の霧のように」。
　20歳のときには私はきっとこういう言い方はできなかったであろう。でも私はあたかも目を糊づけしたかのような状態で，もは

---

* 谷口伊兵衛訳「『シルヴィー』再読」，『エコの翻沢論』（而立書房，1999年），36－38頁所収。
*2 「私の著書 *Sei passeggiate nei boschi narrativi*（Milano, Bompiani, 1994）〔和田忠彦訳『エコの文学講義』（岩波書店，1996年）〕でも語っておいたように，このテクストについては以前に小論（"Il tempo di Sylvie", in *Poesia e critica* 2, 1962）を書き，それから70年代にボローニャ大学で連続セミナーを開き（そこから3本の卒業論文が出た），1984年にはコロンビア大学大学院でそれを採り上げたし，1993年にはハーヴァード大学ノートン・レクチャーズで扱い，そのほかにも，1995年にはボローニャ，1996年にはパリの高等師範学校で都合2回講義した。これらの私の多様な発言のうちでもっとも興味深い成果は雑誌*VS*31/32号（1982）の特集（*Sur "Sylvie"*）となった。」（同書，36頁）

や夢の中で生起するようにではなくて,夢からゆっくりと目覚める早朝の始まりの頃に物語から脱したのだった。初めの意識的な反照は終わりの夢のような薄明と溶け込み,夢と現実との境界は失われている(か,まだ乗り超えられてはいない)。まだプルーストを読んだことはなかったのに,私は霧効果を味わうことができたのだった。*

「 」の付いた引用はマルセル・プルースト(「サント゠ブーヴに反論する」)からのものであり,またもちろん,このように語りの巻き添え力についての強力な言明はエコのページには見つけがたいと言ってよい。45年間におよぶ再読,講義,セミナー,ハーヴァード大学での授業,そしてそれから,1999年にエイナウディ社から出た,正確かつ情熱的な伊訳,*2 これらは,語り手エコに対して見逃がされてかまわない事柄ではない。

　エッセイストのエコと,ネルヴァルとの関係がどうなのかは,容易に明らかにできる。エコが後者に捧げたページを読めば十分だからだ。だが,小説家エコとネルヴァルとの関係はまったく別のものである。『バラの名前』では,ネルヴァルに熱中したエコが時間と語りとの機械を組み立てていることに疑いはない。7日間,限られた場所,ぴたり1年間。そして,もろもろの犯罪。『バラの名前』は推理小説なのだ。暗殺者を発見するためには,みんなの協力が必要なのである。どのページにも,航海を助ける羅針盤がある。それから後,『フーコーの振り子』が出たときにも,この小説の時間への回付は明白になされることになる。表紙のスリップにおいて,発行者は明言している──「『バラの名前』は限られた場所と明確な

---

* 　同書,37-38頁。
*2 　*Sylvie* di Gérard de Nerval nella traduzione di Umberto Eco, Torino, Einaudi, 1999.

年に7日間で展開する小説だと容易に定義できたのだが，今回の『フーコーの振り子』の時間，場所，筋の三単一を規定するのに発行者は当惑を覚えている。これが展開するのは，1970年代初頭から1984年にかけてなのである……」。スリップの中で発行者のことが明言されているということは，読者に疑念を抱かせるに違いない。実際，いかなる発行者も真に"当惑"を覚えはしないこと，そして，『振り子』の時間が先行の小説のそれとは異なることを作者が知らしめようとしていること，こういうことは明白である。このエコの第二の小説にあっては，『シルヴィー』の世界がより近くなるのだが，『振り子』も1943年から1945年にかけて，ランゲとモンフェッラートとの間の村の中で繰り広げられる，というだけではまだ十分ではない。さらに，西暦紀元2世紀から今日まで。さらに，1344年と2000年との間。そしてさらに，1984年6月23日の夜と，さらに，同年6月26日から27日にかけての夜に，もう一つの場所——田舎の或る家——において，展開するのだからだ。おそらく，こういうことでも，当惑を惹起させるには十分ではなかろうか？ 実際には，『バラの名前』がプロットの安心させるような線状性や，時間・場所・筋の三単一のせいでも，世界的なベストセラーになったことはほんとうだとしても，エコの読者に対して，この小説『振り子』が，あまり線状的ではない，まったく別の法則に服している——とりわけ，時間が単一ではない——ことを知らせる必要はなかったのだ。もちろん，エコとしては，今や語りの方法が変わったこと，また，読者がかなり距たった場所や，アーチ状の時間の中で迷う危険があるだろうこと，こういうことを注意させたいのである。

　だが，エコが20歳そこそこのときに唖然となった語りテクストたる，『シルヴィー』——おそらく，語り手エコの参照モデル——そのものは，やはり距たっているのである。霧効果は遠いのだ。新しい痕跡を発見するには，『前日の島』に到達しなければならない。手始めに，フェッランテをでっち上げるロベルト，という分身的人

物の活用から。語り手はロベルトではない。語り手はロベルトの書類を発見して、これをできるだけ補足する。そしてまた、語り手は、分身フェッランテを登場させている、ロベルトの小説を発見する。しかし、ロベルトは（ネルヴァルのように、いわば劇場風に）フェッランテを演じさせる必要がある。誰かが時間をばらばらにする必要があるからだ。しかも、フェッランテはロベルトにそうすることを可能にしている。また、フェッランテは彼に、語り手が物語り得ない"小説的なもの"の部分をも可能にしている（赤頭巾ちゃんの寓話をもはや書けないという事実に立ち戻るならば）。それゆえ、フェッランテの唖然とさせるような、冒険的な曲折は、ロベルトのものなのだ。ロベルトは（もちろん動ける——が「遊びと同じ機能がある」＊ 語りの虚構の中でのことである——フェッランテとは反対に）船から外では動く術を知らないし、動くこともできない。なにしろ、船上では時計が機能しないからだ。

『シルヴィー』におけるのとほとんど同じように、「シルヴィーの世界では時間が不規則に進行している、と言った人がいるが、そこでは時計は動いていない」＊2 からだ。『前日の島』においては、出来事は時間の単一性を欠くばかりか、不規則に進行してもいることを"当惑"なしに説明できる。ただし、霧効果だけは欠けているのだが。

ロベルトがあの島を前に唖然となるのも、この島が過去を表わしているというよりも、時間を混乱させる可能性、読者に不明確さの確証を残す可能性を表わしているからのなである。ネルヴァルは（おそらく）過ちを犯している。エコは否である。ネルヴァルは、ときには自分のものだったり、ときにはジェラール・ラブリュニのものだったりする、うわべだけの矛盾や、彼を閉じ込める狂気を気

＊　U. Eco, *Sei passeggiate mei boschi narrativi, cit.*, p. 163.〔和田忠彦沢『エコの文学講義』, 191頁〕

＊2　谷口伊兵衛訳「『シルヴィー』再読」, 69頁。

にかけていない。エコはと言うと,二分されるためには,写本が必要なのであり,*そして『島』にとっては,これでも十分ではないのだ。すなわち,深淵の構造――小説の中の小説――が必要なのだ。『シルヴィー』における狼狽は,180度の経線が通過している海についての大論文の彼方にある。ネルヴァル,あるいはむしろジュラール*2（エコの呼び方）はこの島――ここへ到達するのは,ロベルトがフェッランテのために,脱出路があるかのように錯覚させるいたずらを企てたからに過ぎない――の上に居るのだ。とにかく,エコが『シルヴィー』伊訳*3の付録としてネルヴァルに割いたページを繙けば繙くほど,私の確信はますます深まるのだ――ロベルトの賭けは戻らない過去に,あるいはむしろ,再発見された時間に回帰することではなく,あのノスタルジックで憂鬱なフィナーレでもなくて,開かれた物語にあるのだ,と。

　こういうことをするのは,自分の過去を清算することに成功しなかった者なのか？　反対なのであって,それは,現在が今やゼロにされるときに初めて過去を再訪し始めることができるのだと気づく者なのであり,そして,（あまり順序立っていないにせよ,おそらくまさにそれゆえに）記憶だけがわれわれに何か――生きる甲斐はないにせよ,少なくとも死ぬ甲斐はある何か――を回復

＊　U. Eco, *L'isola del giorno prima, cit.*, pp. 472-473.

＊2 「第二の実体は,物語のなかで《わたし》を名乗る人物です。この人物はジェラール・ラブリュニーではありません。〔中略〕この人物をわたしは学生たちと,《ジュ・ラール Je-rard》と名づけることにしました。けれどこの言葉遊びはフランス語でしか通用しませんから,ここでは語り手とよぶことにしましょう。」〔和田忠彦訳『エコの文学講義――小説の森散策――』（岩波書店,1996年）23頁〕。

＊3 *Sylvie* di Gérard de Nerval nella traduzione di Umberto Eco, Torino, G. Einaudi editore, 1999, pp. 93-165.

させるのである。*

　これらの言葉には『島』における語り手ないしロベルトも同意できるであろう。前日に後退し，不可能なもの，あの小さな海の一節（ネルヴァルが完全に承知していることを誇示している）を可能ならしめる，あの経線を超えるためなら，死ぬだけの甲斐もあろう。たしかに，ロベルトにとって，現在というものはゼロになっている。フェッランテも戻ることはできないし，ましてやあの"オレンジ色の鳩"が彼に慰めを与えることはできはしない。エコの問題はまったく語りのそれ——『シルヴィー』の霧からいかにして脱出するか？——なのだ。とくに『シルヴィー』がすでに書かれていたという事実を考慮するのなら？　プルーストはネルヴァル論を書くとき，彼の脱出路——並外れた大作で失われた時間を埋め合わせること——を示唆している。

　こうしてみると，絶望的な企てに失敗した（そして，だからこそ，おそらくラブリュニは自殺するのだろう）この父へのプルーストの愛情深い，ほとんど息子のような関心も理解できるであろう。プルーストはだから，時間への自らの勝利をもって，この父の失敗の復讐をしようと決意するに至ったのであろう。*2

そしてラブリュニは自殺するが，ネルヴァルは自らの賭に勝つのであり，しかしプルーストはそのことが分からない（または，分かろうと欲しない）。なにしろ「その場合プルーストはネルヴァルを，埋め合わせするには脆弱かつ無防備な父親と見ていたのではなくて，むしろ，凌駕するのにはあまりに強力な父親と見ていたのであろう。

---

*　谷口伊兵衛訳「『シルヴィー』再読」，77-78頁。
*2　同書，77頁。

だからこそ彼は一生を，この挑戦に捧げたのかも知れない」*からである。

　私が，主張しているのは，ひょっとして一つのテーゼなのか知ら？　「決して」とエコは言うであろう。そうではないのだ。プルーストが引き受けなかった挑戦（なにしろ『失われた時を求めて』が誇りにしている強迫観念のような決心は，ネルヴァルはすることができなかったであろうし，ほかでもなく，ラブリュニは強い神経を持っていなかったし，俗事にはあまり関心がなかったからである）は，実はエコ——プルーストからは遠くかけ距たっているにせよ，想像されうる以上に，ネルヴァルにははるかに近い——のページの中に入っているのである。『バラの名前』では，対決や，あの延期された時間への恐怖として。『フーコーの振り子』では，（コンピューター"アブラフィア"の）テクストの中のテクストとして。『前日の島』では，時計を止める希望として。また，『バウドリーノ』では，再訪される物語として。

---

*　同書，78頁。

無秩序の限界

　エコの物語体について"簡単な"解釈をすることは可能なのか？　この問題をめぐって，私は10章を割いたのである。自伝の指標に照らして彼の小説を縦断しながら。そして，自伝の指標の中に，隔たり，差異，異形を探し求めることにより，これらを通して，より確かな鍵で彼の物語体を読みうるようにしようと努めてきた。これは語り手エコの大問題なのである。なにしろ，みんなも周知のように，彼の仕事の一部には，数々の学術論文があるし，これらが彼の小説の中に何らかの形で入り込み，彼の小説を条件づけているからである。しかも，彼はその小説をこれら学術論文の鏡的テクストにしているのである。* さらに彼は，同時代の他の何人のそれよりも複雑な文学的世界へと，自分の物語体を転化させているのである。だから，今日までに書かれた小説だけを検討してエコを文学史の中に位置づけるのは，牽強付会であるばかりか，まさに危険なことでもある。この拙著の上の数ページにおいて話題にしたのは，哲学体系の首尾一貫性を有する小説四点だった。たぶん，一歩を進めて，

---

　*　この点についてはなはだ興味深いのは，クラウディア・ミランダの論文「『フーコーの振り子』における記号論とエクリチュールとの振動」（in AA VV, *Semiotica : storia teoria interpretazione, cit.*, pp. 283-302）である。この中で，彼女はわけてもこう書いている——「エッセイストのエコは，敵たち（注－脱構築主義者たちのこと）が用いているのは，錬金術に典型的な技法だ，と主張している。小説家のエコが書いているのは，錬金術的議論の小説だけでなく，錬金術的カテゴリーを通して構造化されたそれでもある。だから，そこでの作中人物たちは，エッセイストのエコが理論上の先の敵たちに帰している，解釈技法——同一律，非矛盾律，排中律，の否定，因果連鎖の破壊，シニフィエの無限の逸脱——をすべて実行しているのである」。

エコは語り手以上なのであり,「書物どうしで語」らせるインテリなのだ,と言うべきなのかも知れない。『開かれた作品』を『振り子』と,『振り子』を『物語における読者』と,『物語における読者』を『バラの名前』と,それぞれ語らせる,等々……。エコはジャック・デリダと論争したり,論文を書いたりすることができる。だが,エコはその第二の小説の多くのページをこっそりと——と言ってもそれほどでもないが——デリダに割くことによっても,そうすることができるのだ。そうなると,エピファニーで充満した,あの「サン・バウドリーノの奇跡」は？ エコの体系中の,ごく小部分に過ぎないが,このエッセイが詮索しようとしているのもこれなのだ。『バラの名前』でエコが有名になったことは,部分的には,批評界の注目をずらせて,文学社会学の領域へと導くことに寄与した。だが,エコはベストセラーになった本の作家ではあっても,計画されたベストセラーの作者ではなかった。そして,『バラの名前』が天才的教授の本だったとしたら,『振り子』はこの教授がほかの何かになりつつあることの証明だったのである。その後に続く書物にあっては,誤解が——円満にみんなの同意を得て——決定的に払いのけられる。だが,『島』の最後のページに戻るとしよう。あの奥付——解決を欲していないかに見える話の最終章——に。

エコは自ら前提の囚人なのだ。彼は運命を語るのだが,しかも彼はロベルトの運命の立て役者でもある。

　ご覧のとおり。ロベルトにそれから何が起きたか,私は知らないし,知ることができるとも思わない。結末,いやむしろ,真の出だしを知らないとしたら,これほど小説的な話から,どうやって小説を取り出すのか？＊

＊　U. Eco, *L'isola del giorno prima, cit.*, p. 466.

しかも，エコはこの運命があまりに知られないことを欲している。日記，つまり，ダフネ号上でみつかった残骸——焼けるべきだったろうに，結局，燃えなかった——を読んで再構するのが不能な状態で，運命が途切れることを欲している。グリーヴのロベルトとしては，船上に保存された貴重な科学的手段を海水の中へ投げ入れたり，船上にランプの油を注いだり，等のことをして，すべてを破壊しようとした。海水に身を投げる寸前に点火したのだが——ここはエコの推測に過ぎないけれども——無風だったのと，急に嵐が起きて，その炎は掻き消されてしまったのだった。確かに，ダフネ号は焼けなかった。こうして，燃えてしまうべきだったあの日記は残ったのだ。『バラの名前』の図書館にとっては，火事はほとんど全面に行き渡っていた。残ったのは，断簡，記号(しるし)，痕跡だけである。ダフネ号の小火(ぼや)は正反対に，モンフェッラート城のこの貴族の話をそっくり再構することを可能にした。とはいえ，目に見える結果は収めなかったのだが。エコはロベルトの日記の再発見に関して二つの仮定をしている。二つともあまり満足なものではないが。ところで，エコは彼に馴染みの技巧に従って，こう書いている。

　このように，私の仮定の一つは，語りを続けるのを助けるにせよ，これではもちろん，物語られるのにふさわしい結末はつくまい〔中略〕。こうして，ロベルトの出来事は何らかの道徳訓に資することもあるまい〔中略〕。結びとして，人生では事件は起きるから起きるということになるし，また，何らかの目標または摂理で起きるように見えるのは，小説の国においてだけなのである。*

したがって，この小説に目的があると言うためにこそ，エコは目的を否定する必要があるのだ。小説というものは必要性から書かれ

---

*　*Ibid.*, p. 470.

る。そして，(ある前提が確立すれば)作家の欲するままに進行する。ところが，人生は否である。そこでは，事件は或る目的から起きるのではない。ところで，小説の国においては，『前日の島』のためにもたしかに余地は存在する。したがって，このボローニャ大学教授の隠れん坊遊びを急襲することはしないでおこう。そして，上の話をわれわれは続けよう。どんな摂理？ エコさん，どんな目的があるの？ あるいはむしろ，あまりにレトリック過多に陥らないにしても，『島』にとっての真のフィナーレはどうなるのか？
上述しておいたように，エコの物語体の最大の問題は，複雑にならずにいるのが不可能だということにある——たとえ，彼の理想的読者が存在しない場合でさえも。17世紀，中世紀，テンプル騎士団，イェズス会士のことを知らない人でも，彼の小説を読む覚悟をすれば，彼の語り的成功の根底に所在する知的な一種の渦巻きに引きつけられるのを感じるだろう。レンツォ・ピアーノのポンピドゥーセンターの前に立つ人は誰であれ，ローマの水道橋からニューヨークのツインタワー〔2001年9月11日にテロで倒壊〕に至るまで，どの建築物においても同じだが，ファサードを支えている柱が地上に重みをいかに押しつけているのかを計算しようと考えたりはしない。建築に興味を少し抱いているツーリストでも，ガラスと鋼鉄の建物を数百メートルもの高さで支えることを可能にした計算を——せめて観念上でも——やり直すことを夢みたりはしないだろう。一つの小説で比較をしてみると，トルストイの『戦争と平和』のすべての読者が，初めて読むときに，それの時間構造の分析とか，対話の曖昧さについての分析を行おうと考えたりするわけではない。エコにあっては，こういうことはおそらく，文学社会学のもっとも面白い局面でもあろうし，誰でも柱の重さを計算しようと試みるし，そしてそれをやりながら，96階に到達したり，エレヴェーターの性能を賛嘆したりする。彼らは語りの工学の美的経験を，あるいはまずければ，拒否の経験をすることになる。つまり，あまりに工学的なために，私には気に入

らない。摩天楼には私は上がらない。私は田舎に行って，可憐な花々や幸せなお嬢さんたちに囲まれて暮らしたい。

ところで，『バラの名前』のようなフィナーレを前にすると，読者は感動するものである。この作品には，ドラマチックな筋の展開，映画のようなリズムがある。老ホルへの言葉は芝居の台本として書かれているかのようである。同じような話は『振り子』でもできる。だが『島』にあっては，エコは一切のためらいを打ち棄てている。これを結び終えることをしないで，後退している。読者を先へ送り出し，神秘な悩みであるかのような，地獄絵や女色に取り憑かれたロベルトに対しては，力を出し尽くした挙句，情け容赦のない海中で窒息することを想像させ，彼をそこの，いつも同じ場所に放置し，戻らない過去の島に彼が近づくのを妨げている。その代わり，読者は後ろを振り向き，そして，エコがやはり教授の仕事に立ち戻り，物語の結びにとってあまり重要ではない仮説を提示していることに気づくのである。でも，とどのつまり，エコは真の小説家の痕跡を残しているのだ。

もし結論を引き出さなければならないとしたら，私はロベルトの書類の間から，メモ書きを見つけ出しにかからねばなるまい。船へのあのありうべき闖入者について彼が自問していたあの夜な夜なに遡るあれを。あの晩，ロベルトはもう一度空を眺めた。彼はグリーヴにいた頃を想起していた。年月のせいで一家の礼拝所は崩れており，オリエントで経験を積んだカルメル会修道士で彼の家庭教師だった人から，この小礼拝所をビザンティン様式で，中央に丸天井のついた円形に再建しては，と勧められていた頃のことを。*

---

* *Ibid.*, p. 470.

出口はここにある。小説の国は，泳ぐことのできない哀れな貴族——エコが当初，到達することを欲せず，またおそらく到達する術も知らないであろうことに，到達することもできない——の純粋な運命よりも優位を占めている。では，解決はどこにあるのか？　語りの門を開けたり，説明したりする鍵はどこにあるのか？　もうその本が終わったかに見えるときの，最終ページの中にあるのか？　すべてが再び始まることを分からせてくれるあの一ページにおいてなのか？　たぶん，ロベルトの日記が誰によって発見されたのか——アベル・タスマンが1643年2月に発見したのか，または1789年5月に（バウンティ号の）船長ブライトが発見したのか——ということは重要ではない。こういうことは人生においての出来事なのだ。小説の国では別のことが起きるのである。

　ロベルトは地球の正反対の空を見ていて，気づいていた。丘で四方を囲まれた田舎，グリーヴでは，穹窿がまるで礼拝所の丸天井みたいに，地平線の短い環で限られ，見分けられない一つ二つの星座を伴って現われていたことを〔中略〕。だから，この丸天井は彼にはいつも丸くて固定しているように見えたし，したがって，彼はこの宇宙世界も同じように円くて固定しているものと理解していたのだった。*

ところが逆に，そこ，180度の経線の船上で，ロベルトは自分の家のあの丸天井，あの固定した，不変の世界が誤りだったことに気づくのだ。それはさながら，神父カスパルがくれた，奇跡的な黒めがねを通して世界を見つめるようなものだった，と。

　今や，大洋の無限の広がりの反対側にいる傍観者たる彼が見た

　＊　*Ibid.*, pp. 470-471.

のは，限りない地平線だった。そして頭上では，かつて見たことのないいろいろの星座が見えた〔中略〕。このときに，彼はローマで見たことのある，かなり新しい教会のことを想起するのである——あの都を訪れたとわれわれに想像させるのは，この1回だけである〔中略〕。あの教会はグリーヴの丸天井や，カザーレで見た数々の教会の〔中略〕身廊とも，彼にはひどく違って見えた。今やその理由を彼は理解した。その教会の半円筒天井は南の空みたいであって，目は絶えず新しい線をあわただしく追うようけしかけられたのだ〔中略〕。あの丸天井の下では，どこに身を置こうと，上のほうを眺める者はいつも周縁にいるような感じがしたのである。*

要するに，ロベルトは夜にあの新しい半天球に現われるもろもろの発光点をどうやって結び合つけるか，その術を知らないのである。大熊座も，カシオペア座もない。小説全体を通してもそうだったが，彼は眼前に現われた一切のものや自然現象を名づける術を心得てはいなかったのだ。「ロベルトは星座を眺めていたのではない。彼は星座を制定することを強いられていたのである」。*2 だとすると，エコ本人も「見知らぬ土地で開拓者として」一つの学問を制定することを強いられ（申し渡され？）ていたのか？ *3 また，小説におけるカザーレの時期（"イタリア"）は，『開かれた作品』の前触れとなるミラノ時代というよりも，大学時代やパリ時代（"フランス"）に符合している，と先に言ったではなかったか？ もしそうだとしたら，もしこういうほとんど機械的な対比が十分だとしたら，『島』の中で言われている文言——「フランスとイタリアではやはり空に，君主の手で決められた一つの国を観察したことがある。この君主は

---

* *Ibid.*, pp. 471-472.
*2 *Ibid.*, p. 471.
*3 *Ibid.*, p. 471.

無秩序の限界　93

道路や郵便事業のラインを定めて，これらのラインの間に森林地帯を配していた」*──も，奇異には響かないのではなかろうか？ また私自身が「ほとんど機械的な対比」という理由はないのだろうか？ 逆に，これらは批評上正当な仮説なのではないのか？ どうしてこのような心配をするのか？ やがて到達するだろう。もう少し続けることが必要だ。われわれは，ロベルトがローマの教会の丸天井を眺めながら，いつも周縁にいる感じがしていた，というところにさしかかった。目のほうは逃げ道をずっと探し続けていて，中心点に留まることに成功しなかったみたいだ。ロベルトもまた……。

今となって分かったのだ〔中略〕，あの拒まれた休息の感覚は初めプロヴァンスで，次にパリで味わったことを。あそこでは，各人が何らかの理由で，私の確信を壊し，私に世界地図を表示するありうべき方法を教えてくれた〔中略〕。自然現象の秩序を変えることのできる機械の話を耳にした〔中略〕。まるで宇宙の創造主本人が自分を矯正〔中略〕できるかのような。

もしも創造主が意見を変えることを受け入れたとしたら，彼が宇宙に課していた秩序はやはり存在するのだろうか？ おそらく彼は最初からたくさんの秩序を課していたのかも知れないし，おそらく毎日それらの秩序を取り替えるつもりだったのかも知れないし，おそらく秩序や予想のこういう変化を司る秘密の秩序が存在するのかも知れないのだが，われわれ人間はこの秩序を見破る〔中略〕ことの決してないようにと運命づけられているのである。*2

諦念と無秩序──他のもろもろの秩序へ回付する秩序という意味での。神が存在するとしたら，彼がいるとしたら，規則は彼のものなのだ。そして，これら規則を，一つの意地悪のようなものである

---

* *Ibid.*, p. 471.
*2 *Ibid.*, p. 472.

かのように，変えることさえできる。作家とて，創造者である以上，秩序を変更したり，遊びを変えたり，最初からたくさんの遊びを課したり，あるいは，背後にあって他のすべての人びとを司っている秘密を保持したりすることもできるのである。『前日の島』だけでなく，『振り子』や，『バラの名前』や，『バウドリーノ』をも司っている秘密を。しかしおそらくほんとうは，われわれはそれがどういうものなのかを決して知ることはあるまい。なにしろ，そもそもそんなものは存在しないのだからだ。真実はごく短いものなのだし，後は（本書も証明しているように）コメントがあるだけなのだからだ。すべてはコメントなのだ。『島』から最後に残るのは，故意に変色され，悲哀に沈んだ僅かな言葉だけである。

しかもこの手紙が最後にどういう推移を経て，私にくれるべきだった人物の手に到達したのか，思いつくことが私にはできまい。この人物が色褪せ傷んだ，ほかの自筆原稿の寄せ集めから引き出したものらしい。
「作者は無名氏(むめいし)です」，それでも私は彼がこう言ってくれることを期待したい，「筆跡は上品ですが，ご覧のように，色褪せており，紙はもう染(し)みだらけです。中身に関しては，ざっと目通ししただけですが，技巧の練習みたいです。あの世紀の書き方はご存知ですね……。魂のない人たちでした」，と。*

『島』は以上のように終わっている。数えられぬほどの隠し立てをもって。彼，エコは，到達し得ざる欲望，後退することの不能性，はたして最高の存在がいるのかどうかを知る苦しみに関して本の最終部分をそっくり割いてから，最後にはこれらのページを郷愁と超絶とをもって眺めている。彼がこれらのページを「色褪せている」

---

* *Ibid.*, p. 473.

と規定するとき，実はさに非ずということを百も承知なのだ。作家としての彼の心中には，彼の気を散らせ，彼が同調するのを妨げるあの不信の念が存在しているのである。作者が信じていること，それは，『島』が「誇張された空の下で生きるように強いられた，恋する不幸な男，地球が黄道に沿って漂い，太陽がそこの火の一つに過ぎないという考えに馴染むことができなかった男，の話」に過ぎないということである。* また，こういうすべてのことは，「始めと終わりをもつ話を引き出すには，あまりに少な過ぎる」と確信しているのだろうか？　いや，彼がそんなことを欲しているのだとしたら，まさに彼が恐怖を抱いているからなのであろう。

---

* *Ibid.*, p. 472.

帰　郷

　出発する時期もあれば，戻る時期もある。語りの観点からは，『バウドリーノ』は二重の戻りである。そして，これは『バラの名前』の鏡的な書物である。この両者が中世の小説である（他方，『振り子』や『島』は逆にどう考えてみても，まったくそうではない）からばかりか，両書ともほかの小説より以上に互いに話し合っているからでもある。エコがこの最新の小説の表題に，自分の都市の守護聖人の名を選んだということは，それほど驚くべきではない。遅かれ早かれ，彼はそこへたどり着くに違いなかったのだ――とりわけ，生まれ故郷にかなり近い都市における攻囲のことが語られている，『前日の島』を書いた後では。そこではまた，――すでに見てきたように――カザーレの攻囲というエピソードに，多くの個人的な参照事項が含まれてもいるのである。だが，『バウドリーノ』にはそれ以上に多くのものがある。この人物がその名で呼ばれており，フラスケータ（アレッサンドリアの周囲の田舎）に生まれ，彼なりにこの都市の創建なり，攻囲なりに参加しているからというよりも，ほとんどすべての小説においてかすかな欲望対象――アリストテレスの『詩学』第二部，『振り子』のごく短い真実，オレンジ色の鳩――の形で出てくるあの聖杯が，彼の都の大聖堂の中で終わることに至るからである。壁の中に塗り込められてしまうのだ。この聖杯は実は一家の記念品にほかならないし，言い換えれば，父の品物なのである。

　翌朝，バウドリーノは，皇帝に主がお飲みになったコップ，あの聖杯をお贈りすることになりましょうと語るのだった。「あら，そう？　それはまたどうなっているのかい？」

「すっかり金でできており,青金石(ラピスラズリ)がちりばめられています。」

「君は馬鹿じゃないのか? われらの主は大工の息子だったし,しかも,この父親よりももっとひどい,飢え死にした人びとと一緒だったんだ〔中略〕。このようなスープ皿は私も作ったように,主の父親が木の根元を主のために穿って作ったものであり,一生長持ちし,ハンマーでも壊れない代物なのだから,これが持てただけで主はありがたかったであろうよ。」〔中略〕

何とまあ,とバウドリーノは独り言を言った。この哀れな老人の言うとおりだ。聖杯もこんなスープ皿であったに違いない。主と同じく,簡素で,貧しいものだったろう。だからきっと,みんなの前にそれが運ばれてきても,誰もそのことに気づかなかったのだ。生涯探し続けられてきたのは,光り輝くものだったのだから。*

誰も探しに行かないようなところでの再認可能性,探索。『バラの名前』でもこれは起こる(どの本の中にアリストテレスは隠されているのか?)し,『振り子』でもこれは起こる(洗濯屋の伝票の中に世界のコードをどうやって認識するのか?)し,『島』でもこれは起こる(世界の秩序をいかにして発見するか? それを決して発見しないことを意識したうえでだ)。『バウドリーノ』でもこれは起こる。ここでは,誤った物を探すことは,書くべきそれとは違ったやり方で世界を書くことを意味する。結局は,フリードリヒ赤髯帝は聖杯のせいで死ぬのである。聖杯のために,12人が,ありもしない場所を見つけに出発するのである。聖杯のために,暗殺や,失明や,仇討ちが起きるのである。ところが,ある時点で盗まれたかと覚しき木製のこの哀れなスープ皿は,実際には,誰からも気づかれないで,道中ずっと彼らみんなと一緒に残存しているのである。

---

* U. Eco, *Baudolino, cit.*, pp. 280-281.

問題はと言えば，バウドリーノがなぜ聖杯をでっち上げて，彼自らこれを信じようと決心するのか，という点だ。ウィリアム，ラ・グリーヴのロベルトが，世界の秩序を烈しく信じていても，世界の秩序が存在しないという証明は，なかんずく，彼らの失敗によって認められる。だが，バウドリーノはどうか？　彼にとっては逆である。彼を導くのは，語りの欲求であり，彼を導くのは，その話が語られて初めて存在するという事実なのである。そして語られさえすれば，たとえ書物の中に書かれていることが何一つ起きないとしても，その話は存在するであろう。これを物語ることは，これを現実へ変えることを意味する。これがたんに語りの現実であるに過ぎないとしても。『バウドリーノ』では，各人が別の者に偽の話を物語る——バウドリーノは皇帝に，ゾシモはバウドリーノに，アルズルーニはゾシモに。さらに，バウドリーノはジョヴァンニ助祭に，バウドリーノは死に瀕したアブトゥルに。そしてさらに，ガリアウドは皇帝に。またおそらくは，パフヌーツィオはバウドリーノとニチェータに。そして，たぶんニチェータはみんなに。それというのも，(いつもありうることだが) 彼はバウドリーノの嘘の話を伝えてきたからだ。だが，何か偽りの遺物を含んでいないものを探しに行くことはできるのか？　またとりわけ，バウドリーノがやっているように，あらゆる論理を無視して，戻ることは可能なのか？

　私が言わんとしているのは，おそらく『バウドリーノ』にあっては，以前の三つの小説の中心にある言葉の力についてのあの悲観的な観方が中断されるということである。この最新の小説で言われていることは，エコがその本の登場人物として認められるということである。実際，なされている主張は，もっぱら，小説の主題や，彼の都市が存在するという事実だけに基づいており，それ以上はほとんどない。実際，エコの小説で，作者が自分自身をページの間に見いださないようなものはないのである。今度の小説でもそうだ。しかしとりわけ，エコの小説にあっては，解釈の逸脱への称賛と恐怖

とが，あらゆる推移の中心に置かれている。今回は，誤謬（または恐怖）ははじめに意図されている——ある話を他人に物語る人物を介入させようと決心して。とりわけ，この本全体が話になるように決心して。ただし，ニチェータおよびバウドリーノのコンスタンティノープルからの逃亡や，フィナーレの数ページは別だ。要するに，バウドリーノが語ったのは，まったくでっち上げられた話なのだが，この小説には一つの真実がある。つまり，それは実際（語り手が嘘をつかない限りは）バウドリーノとニチェータとの間の出来事に過ぎない。なるほど，バウドリーノは柱の上に立って，苦行したし，なるほど，彼はラバに乗って，オリエントへ戻る（か，出かける——ここが難しい点なのだ——）決心をしている。真実には，これ以外には何もないのだ。唯一のもの，すべてのうちでもっとも真実のもの，つまり，それはバウドリーノがニチェータに見せる，アレッサンドリア方言で書かれた書類を除いては。この書類がこの小説を開始しているのであり，それはバウドリーノがさながらお守りのように一緒に持ち歩いている唯一のものなのだ。

　「これは僕の最初の書き方の練習なのです」とバウドリーノは答えた，「これを書いたときから——14歳だったかと思いますが，僕はまだ森の生者だったのです——お守りとして持ち運んできたのです。後で，ほかの多くの羊皮紙も，日々幾度か埋めました。私が存在しているのは，朝方私の身に起きたことを夕方語ることができるためだけのような気がしたのです。それから私には，大事な出来事を思い出すためには，月々の記録，数行だけで十分でした。そして，年を取ったときには——たとえば，今だったら——これらのメモに基づき，『バウドリーノ事績』を作成できるだろうと内心思ったのです。それで，旅の道中，僕は自分史を持ち歩いてきたのです。ところが，プレスター・ジョンの王国から逃亡する際に〔中略〕，逃亡の道中，これらの書類を紛失したの

です。生命をなくしたも同然でした。*

　したがって，バウドリーノは思い出すことを物語るのであり，漠然とした言葉による，あの文書を帯同していることになる。この文書はプレスター・ジョンの王国から逃亡する際にもなくさなかった。しかし，残りのものとてもそうだったのだ。残りが再び書き言葉になるのは，誰か（われわれが何も知らない語り手）が，一つの話をしようと決心するときである。語り手は，バウドリーノの語った推移を多くの人びとが疑っているのだと言う。だが，小説を切り開くイタリック体の11ページは，疑うことができない。バウドリーノの言葉はまだ権力の言葉ではなく，アレッサンドリア平原の俗語なのだ。誰かほかの人がそれを書きにかかるときには，バウドリーノはもはや到着することができないであろう，失われた世界へ再出発していることだろう。しかし——ここではわれわれはもはやバウドリーノがニチェータにする物語の中に居るのではないし，しかも，このことは語り手により言及されてもいる——バウドリーノが出発しようとしており，しかもニチェータは考え直すよう彼に頼むとき，エコの本の主人公は，見逃がすべきではない何事かを言明している。

　「……僕はプレスター・ジョンの王国へ到着しなくちゃならない。さもないと，僕は人生を無駄に費やしたことになるだろう。」
　「でも，あんたはそれが存在しないということを片手で触れたのでは？」
　「われわれは到着しないということを片手で触れたんだ。まったく違うよ。」
　「でも宦官(かんがん)たちが嘘をついたことは，確認なさっていた。」
　「たぶん嘘をついていたことはね。でも，司教オットーは嘘を

＊　*Ibid.*, p. 17.

帰　郷　101

つくことができなかったし、また、伝統の声は、プレスターがどこかに居ると信じているのだよ。」*

ことばの現実、その力は、以上のとおりである。バウドリーノは言っていることを信じているのか、それともこういう文言は彼にはニチェータ・コニャーテの反論を切り取るためにだけ役立っているのか？ 「マンゾーニにおける偽りのことば」についての論文において、エコはこう結論している。

　民衆的記号過程に対抗する口語？　こういう臆測を無効にするには、マンゾーニがその小説において、語りの言葉を通して民衆的記号過程への勝利や、言葉の敗北を賞賛しているのを考察すれば十分だろう。しかし、ここでの異論はマンゾーニの暗黙の記号論に関係があり、ここでやろうとしている再構成とは関係がない。ここでは、ことばの限界が賞賛されているのではなく、一作家が言葉の力についての悲観的な見方を（もちろん言葉で）いかに呈示するのかが語られているのである。この幸せな矛盾も少しばかり矛盾的でなくなるときがある。それは、それぞれの小説全体が、言語学的ではない記号、それらの本能的で乱暴な自律性をもってことばに随伴し、先行し、後続する記号を、言語学的に再生させようと努める、不可避的に言語学的な一つの機械として現れるのだ、ということに気づくときなのである。
　口語的ではないものをも喚起するという、口語のもつこの能力には、修辞学で一つの名称——迫真法（ipotiposi）——がある。
　言葉の練習から逃がれられない〔中略〕から、われわれとしてはこう言っておこう。つまり、『婚約者』は暗黙の固有の記号論を練り上げかつ例証したり、また、ただ迫真法の連鎖を犠牲にす

＊　*Ibid.*, p. 523.

るだけで，民衆的記号過程への口語的賞賛として現われたり，といったことが可能となるのだ，と。

　自制を称揚する言語学的機械として，この小説は他のもろもろの意味表示法に基づき何かをわれわれに語っており，そして，口語的なものとしてはこの小説はこれらの表示法に奉仕していることをわれわれに示唆しているのである。なにしろ，この小説は言葉の物語ではなくて，アクションの物語であるし，また，それが言葉を物語るときでさえ，それら言葉がアクションの機能を引き受けた限りでのみ，それら言葉を物語るのだからである。*

『バウドリーノ』のエコもまた，こういう主張には完全に同意できるであろう。とどのつまり，彼のこの第四の小説は——同じように——迫真法の連鎖なのだ。エコが，『バウドリーノ』を練っていた間に，数年前のこの論文を単行本として再刊することを考えついたのも偶然ではないのである。*2

---

* U. Eco, *Tra menzogna e ironia, cit.*, pp. 51-52.
*2 「これら四つの講演をここに集めたわけは，それらに私が愛着を抱いていることや，また別々のところで発表されたため，散在したままになるのを残念に思っていたからに過ぎない。」(*Ibid.*, p. 5.)

帰　郷　103

迷宮からの脱出

　以下の文章をもって，エコの物語体に関する本試論を終わりとしたい。『第二のささやかな日記帳』の中で，エコはアレッサンドリア人の性格について一つの話を語っている。面白いと同時に，多少不安にさせる話である。

　サルヴァトーレは20歳のとき生まれ故郷を後にして，オーストラリアへ移民し，そこで40年間，亡命生活を送る。その後，60歳のとき，貯金を掻き集めて，帰郷する。そして，列車が駅へ近づくにつれて，サルヴァトーレは空想するのだ——かつての仲間，友だちに，青春時代のバルで再会できまいか？　彼らは分かってくれるだろうか？　歓待してくれて，好奇心にかられて，カンガルーや原住民との自分の冒険譚を物語ってくれとせがむだろうか？　また，あの少女は……？　あの角の雑貨屋は？　等々といったことを。列車は人気のない駅にさしかかり，サルヴァトーレはプラットホームに降り，正午のかんかん照りの太陽に打たれる。遠くには，腰が曲がった小男が見える。鉄道用務員だ。サルヴァトーレがじっと目を凝らす。猫背の肩ながら，その人物にはたと思い至る。40年の皺に刻まれた顔ながら，たしかに，昔の級友ジョヴァンニだ！　合図をして，そわそわしながら近づき，震える手で自分の顔を指さす——「俺だよ」と言う代わりに。ジョヴァンニは彼を見つめるが，誰か分からないようすだ。しかし，それから挨拶がてらに顎を上げて，「いやあ，サルヴァトーレ！どうしたんだ，出発かい？」*

　＊　U. Eco, *Il secondo diario minimo, cit.*, pp. 334-335.

エコはこの逸話をひどく楽しみながら語っているにもかかわらず，かなり強い焦燥感が残る。もちろん，エコのフィルター，防御，隠し立てが，「サルヴァトーレ冒険」（われわれはこう呼ぶことにしよう……）にかかっていると考えるのはあまりに牽強付会だ。誰かがエコに向かって，「恋愛物語？　これだけかい？」と言うのを，他のいかなること以上に怖れているのだと感情をはっきりあらわにする以上，どうしてその彼が恋愛物語を書けたりできよう。とりわけその後で，それをするのに恐ろしい苦労がかかったことに彼が気づくときにこんなことを言われると，彼はがっかりするのである。

　ところで，エコが一生，他人の小説を研究してきたという事実に，一種の語り的羞恥が結び合わさることにより，今日までに，多くの面で相互に結びついた4冊の本が産み出されているのである。念頭に強迫観念——迷いたがること，無限にまで迷路を辿ること，もう決して脱出したがらないこと——を抱きながら通り抜けることによってのみ，脱出できる四つの迷宮が。多くの人びとは今日まで，エコの小説をさながら解決すべき判じ物でもあるかのように読んできた。彼らは文化的挑戦の罠の中に陥った。彼らは彼の本における数々の引用，参照が，どうやっても埋めるべき，空白の区画であると信じたのだ。こうして，彼らは敗北して，立腹した。自分たちが失敗した謎解き遊び人たちであるかのように感じたからだ（エコが要求してはいなかった以上，そんなことは無用なのに）。『島』のどこにキルヒャーが居るか分かったかい？　また，『振り子』ではエコはいつクンラートを引用していたのか？　または，『バラの名前』ではいつ聖トマスを引用していたのか？　また，『バウドリーノ』では一本足族はどの中世写本から採られているのか？　エコの知識と対照することなしに，エコについて書くことがはたしてできるのか？　また，それをやらないのは，知的な屈服行為なのか？　また，どうして彼に屈服しなくてはならないことがあろうか？

迷宮からの脱出　105

エコは『小説の森散策』の中で,「われわれは各自の自分史を宇宙の歴史と符合させたいと希望することがあるものだ」と書いている。おそらく,もしもそれが可能となれば,それは仮定的な神秘の極に合流するための唯一の方法だろう。だがおそらく,それは無用だろうし,エコがこう言うのももっともなのだ——「小説の国の中でのみ,物事は何らかの目的,もしくは摂理を有するように見えるのである」。

結びの覚書

　本試論の初版が出たのは 5 年前のことである。* この旧版の試論とても，実は『第二のささやかな日記帳』が出版された機会に「書評誌」（*La Rivista dei libri*）のために書いたテクスト*2 を練り直したものだった。旧版『体系としての不信』は，エコのありうべき第四の小説に関する仮定をもって閉じられていたのだが，これを以下に引き続き再録しておく。

　　エコがはたして第四の小説をもう書きかけているのかどうか私は知らない。それがどの時代に配置されることになるのかを想像するのは難しい。また，何を話題にすることになるのかも。おそらく，世界のコードの探求かも知れないし，おそらく世界のコードが存在しないということをもう一度物語ろうとする欲求かも知れない。おそらく，あのごく短い真実への無限のコメントから，彼は現代性とは隔たったところへ導かれるだろうし，また彼はその読者を遠い中心——少々自分のことを物語るために故意にでっち上げられた中心——へと旅させることになるかも知れない。*3

『バウドリーノ』をもって，エコは現代性から隔たったところへと向かったのであり，『振り子』においてティーコのトランペット——聖杯にほかならない——で代表されている，あのごく短い真実への無限のコメント，これによって彼は同じ目的から，彼の作中人

---

*　R. Cotroneo, *La diffidenza come sistema* (*Saggio sulla narrativa di Umberto Eco*), Milano, Anabasi, 1995.
*2　*Alla ricerca di Umberto Eco*, maggio, 1992.
*3　R. Cotroneo, *cit.*, p. 89.

物バウドリーノを遠い中心へと旅させるようにエコは仕向けられたのだ。自分のことを少しばかり物語るために，まさしく故意にでっち上げられた中心へと。

(付録) インタヴュー

『バウドリーノ』をめぐって

ウンベルト・エコ／聞き手 トマス・シュタウダー

トマス・シュタウダー（以下TS）　初めに，あなたの小説の源泉たる伝説に関してご質問させて頂きたいと思います。私が読んだロベルト・リヴラーギの『アレッサンドリア』（ミラノ，エレクタ社，1997年）では，バウドリーノとガリアウドのそれぞれの話は同時代ではありません。あなたの小説では父子として出てきますが，実際には世紀を異にしています。パオロ・ディアコノが『ランゴバルド人の歴史』において語っている，アレッサンドリア市の守護聖人サン・バウドリーノは8世紀に生きた隠者でしたが，ガリアウドはまさしく12世紀に赤髯王フリードリヒ1世（1125頃-1190）が同市を攻囲したとき，市を救った人物だと言い伝えられています。

ウンベルト・エコ（以下UE）　私がこんなふうにバウドリーノと名づけたのは私の故郷の守護聖人を想起するためですが，両者は同一人物ではないのです。聖人の生涯はただ一回のみ，つまり，私の小説の主人公が円柱の上に立ち，さる人の息子が矢で刺されたと伝えてくれ，と傍にやって来る者に語りかけるときにだけ，引用されています。このエピソードはサン・バウドリーノの伝説に属するのですが，[1] 小説の残余はそうではないのです。

TS　地下道の話もアレッサンドリアの地方伝説の一つのようですね。それを私はマッシモ・チェンティーニの『ピエモンテ州の神秘，秘密，伝説および見どころへのめったにないガイド』[2] にお

いて読んだことがあります。

ＵＥ　私は，その記述は他の諸都市の攻囲に関するビザンティンの諸原典から採ったのです。でも，こういう類いの委細はアレッサンドリアの攻囲についての年代記の中にも実は出てくるのです。ともかく，私が用いたアレッサンドリア人たちの名前は，当時の名前だったのです。面白いことに，多くの読者からすればそれらは私のかつての学友たちの名前だったのですが，これはまったく偶然の一致だったのです。

ＴＳ　バウドリーノが，"木の葉で覆われた屋根の故郷"，つまりアレッサンドリアに戻るとき，小説の中ではこう言われています，「周辺地域の少年たち，野兎に罠を仕掛けるために一緒に行ったパニッツァ家のマスル，出会うやすぐに石を投げ合った〔……〕ギーノと呼ばれていたポルチェッリ，ボルミダ川で一緒に魚釣りしたことのある，クワルニェントのクッティカと，チューラと呼ばれていたアレラーモ・スカッカバロッツィ，のそれぞれの顔が脳裡に浮かんできた」(155頁)と。こういう断片は自伝的回想かと思われますが，あなたの小説で最初のことではありませんね。[3]

ＵＥ　私もほかの子供たちと同じように，遊びに出かけたことがあることを除いては，必ずしもそうではありません。唯一の自伝的なことは，私が幼年時代から30年後にアレッサンドリアに戻り，同窓生たちと出会ったとき，再発見したことが小説の中で描述したとおりだったということくらいでしょう。でも，こんなことは誰にでもよくあることで，何も特別なことではありません。

ＴＳ　私が読んだアレッサンドリア地方のもう一つの伝説は，赤髯王の兵士たちを驚かせたサン・ピエトロに関するものです。[4] だとすると，小説中のこの挿話はあなたが創作したというわけではないのですね。[5]

ＵＥ　はい，はい。攻囲の歴史の中の一部に属しています。でも，伝説の主たるものは，ガリアウドの乳牛に関するものです。ここ

で，私にとって面白かったことは，瀕死の牝牛に小麦をすっかり食べさせることがはたしてできるものかと想像することだったのです。

　それから，赤髯王の軍隊がアレッサンドリア攻囲を放棄して，遠くにキャンプの火を見ながら，同盟軍＊にすっかり囲まれてパヴィーアへと戻るときの場面は，すべてがジョゼ・カルドゥッチの風刺的な読み直しなのです。「マレンゴの戦場に月が射す。暗く／ボルミダ川とターナロ川の間で繁みが風に揺れてどよめく，／ほこ，やり，兵士，馬の繁みが。／堀への試みが成らず，アレッサンドリアから逃亡して。〃高くかざした火で，アッペンニン山脈からはるか下のアレッサンドリアは／皇帝党員(ギベリーノ)の皇帝の逃亡の様子を照らし出す。／同盟軍の火がトルトーナから反応し，そして勝利の歌が聖き夜に響く。〃〔中略〕〃ホーエンツォレルンの白髪殿〔赤髯王〕は聞き，そして頭を高い剣の上に当てながら，／内心考える——死ぬことを／昨日はあまり太っていない腹に騎兵たちの剣を／帯びていた商人たちの手で！——〃〔中略〕〃またパラティン伯選定侯ディトポルドは，金髪が／しなやかな首に（カルドゥッチは少年を愛する同性愛者のようなところがあった）バラやイボタノキのあふれた姿で，／考えるのだ——ライン川から小妖精の歌が暗／夜の内に去ってしまうと。テクラは月の光を夢見ている。——」(6)

　私は同じ話を低くして，民衆的な言い回しで語ったのです。一方，カルドゥッチの詩は英雄詩のスタイルを採用しています。

　私に興味があったことは，同盟軍は欲したならば赤髯王の背後に追いつき，彼を滅ぼすことだってできたろうに，ということです。ところがこの皇帝に対しては敬意を抱く契機があったのでして，この皇帝は同盟諸国にとっては常に権力の保証を体現していたのです。中心的な権威を必要としていたために，同盟諸国は彼に対して戦争をしたにせよ，それはただ或る時点までだけだった

のです。

TS　バウドリーノの懐疑主義に関しては，1965年にあなたが書かれ，後に『家の習慣』(1973年)に再録された一つの随筆がありますね。「ボルミダ川とターナロ川の間の少ない噂」と題されているものです。そこであなたは故郷の都市の住民の性格があなたの第四の小説のものとかなり似た言葉で語られていました。「『アレッサンドリア人の歴史』(7)をめくりながら，〔中略〕〔私は悟ったのだ〕私の懐疑主義，物自体に対する私の不信の根にあるのは，文化的な先祖とかイデオロギー的な選択ではなくて，ただアレッサンドリアに生まれたという事実だけなのだということを」(9頁)。

UE　はい，本書は小説の源泉みたいなものです。また実際，バウドリーノのアレッサンドリアの友だちはいつもすべての人物のうちでもっとも懐疑的です。アブドゥルが死ぬとき，四人のアレッサンドリア人が彼の墓についてコメントするのですが，彼らはまさしく民衆的な言い方(8)をしているのです。また，アレッサンドリアをチェザレーアに言い換えようとするとき，住民たちのコメントはひどく懐疑的なのです。つまり，彼らはこういう愚行に加わっても，それを信じたりはしていません。(9) この意味では，人びとが学校で赤髯王フリードリヒやロンバルディーア同盟について学ぶすべてのことを私は混乱させたことになります。

TS　小説の中では，ウンベルト・ボッシの北部同盟への言及もあるのではないですか？　少なくとも一度，中世と現代との結びつきが私にははっきりと現れていました。「イタリアでは都市と都市とが憎み合ってきたありさまからして，この同盟が持続しうるかも知れないなぞと考えるまでもなかった」(153頁)が，それです。

UE　別に暗示するまでもないのです。私は同盟史を研究し始めて，ほんとうにこれらの都市が日々，同盟関係を変えていたことが分かったのです。でも或る意味では，小説の中に南部に対する北部

同盟の暗黙のパロディーがあると言ってもかまいません。もう800年以前には，イタリア国家は不可能でした。なにしろ，各人が自分の特殊な利害を追求していたのですから。

TS　ここでおそらく少々素朴ながら，でも文脈上避けられないご質問をさせて頂きたいのですが。あなたは『バウドリーノ』において，歴史を当時の同時代の目で見ようとなさったのでしょうか，それとも現代人の目で見ようとなさったのでしょうか？

UE　クローチェは言っていました，「歴史は常に現代史である」と。もしあなたがローマがカルタゴと対峙したポエニ戦争（前264 – 前146）の歴史を書こうとなさるのであれば，それを眺める際におそらく，今日の地中海に起きていることとそれが関連しているかどうかをも把握しようと努められるでしょう。私が言わんとしているのは，『バラの名前』であれ『バウドリーノ』であれ，私が語っている時代と現代との間にアナロジーがいろいろと存在しているということなのです。でも，私はこういうアナロジーを格別に探そうとしたのではありません。私は当時の文書を読んでいて，内心思ったのです，「これはまさに現代のようだ」と。私はなんとしてもボッシを探そうとはしませんでした。私たちは子供のときからみんな，ロンバルディーア同盟を赤髯王に対抗して結んだ共同体の神聖な同盟との考え方を教育されてきたのです。しかし真の歴史を見てみると，これは裏切りや転覆の同盟総体だったことが分かります。この場合，そこにあるのは，あるがままのものを映す写真機なのです。ですから平然とこう言えるでしょう，「私は現在のこととは無関係だ」と。でも，読者は歴史に連続性のあることに気づくのです。これは大層重要なことなのであり，テーゼをもてあそぶことではありません。これは一つの立派な歴史的読解の実行なのです。

TS　当然，あなたは当時の多くの文書をお読みになられたのでしょうね。わけてもニチェータ・コニアーテの『ビザンティンの偉

大さと破滅』を。この著者は小説の中では，バウドリーノの主要な対話者となっています。

ＵＥ　はい，もちろん。さらにフリジンガのオットー[10]や，クレーマの攻囲に関するあらゆるテクスト，等も。これはまあ，私の方法なのでして，あたたも科学史を読まれれば，いろいろと波瀾万丈な事柄に出くわされるはずです。たとえば，ビザンティン皇帝たちが受けることになった責め苦はサド公爵の創作のように見えても，実はそれはニチェータ[11]が物語っていることなのです。私はむしろそれをさらにいくぶんか血腥くなるようにしたのです。ちなみに，ニチェータは相当面白い人物なのです。なにしろ，彼は皇帝の一職員としてビザンティンに関するこの歴史を書いたのですが，皇帝たちに対しては相当に厳しかったからです。

　実在する中世の多くのテクストも小説の中では，バウドリーノの創作として示されています。たとえば，皇后との書簡の数々は，公刊もされている，中世の真のテクストなのですが，ただしそれらがアベラールとエロイーズのものなのか，それとも別の由来を有しているのかはあまり定かではありません。

ＴＳ　そのことは，バウドリーノが原詩人のために書いている詩句についても当てはまりますね。

ＵＥ　はい。アブドゥルのテクストはまさに当時に生存していたジョフレ・リュデル[12]のものから採られています。

ＴＳ　私には，アブドゥルの"不可能な愛"やプレスター・ジョンの王国が小説の中で繰り広げているのは同じ機能，つまり，到達し得ざる目標のそれだ，との印象を受けました。[13]

ＵＥ　それはそのとおりなのです。

ＴＳ　『前日の島』の中心テーマでもありますね。そこではリリアに対するロベルトの恋文や，オレンジ色をした鳩なるシンボルが現われていますから。

ＵＥ　これは私には大変好都合だったのです。『前日の島』の中で

は存在しない貴婦人のために書かれたシラノ・ド・ベルジュラックのバロック風な手紙が私の脳裡にあったのです。もちろん，私は到達し得ない恋という考えに魅せられました。このテーマを私はドニ・ド・ルージュモンの『愛について』⁽¹⁴⁾の中で発見したのです。でも，すべてのトルバドゥールたちが一般に信じられているほどプラトニックだったわけではなく，肉欲的な瞬間もあるし，ベッド・インしたこともあったのです。ただし，ジョフレ・リュデルは例外でして，この人物は私の気に入りました。

TS 肉体的な愛に関しては，小説の中でそれは，イパーツィアとバウドリーノとの短い情熱的関係の間に際立たせられていますね。「より高く上昇するためには，こういうやり方も存在するのだ〔中略〕。私は死に打ち勝ったかのように感じたものである」(448頁)。でも，イパーツィアとバウドリーノとのこういう関係の少し前には，やはり観念的な，プラトニックな愛も存在しています。「私はやがて分かったのだ，真の愛は心の食堂〔食卓の三方に寝いすが設けてある〕に居住し，もっとも高貴な秘密の所有物に留意しながら，そこに安静を見いだすのだ，と〔中略〕。だから，私は不在の恋人の肉体的な形を再現することはできないのである」(444頁)。してみると，小説の作者の立場はどれなのでしょうか？

UE 是が非でも論理的概念を探すには及びません。私にはイパーツィアが新プラトン的ないしグノーシス派的な話をうまく物語ってくれるために，彼女に惚れ込むバウドリーノ，というこの考えが気に入ったのです。それからまた，プレスター・ジョンの王国には肉体的偏見は存在せず，ただ神学的なそれだけが存在するという事実も私には興味がありました。一本足族⁽¹⁵⁾は，パノーティ族〔長耳をもつスキタイ人〕⁽¹⁶⁾が多様なこと⁽¹⁷⁾を知らず，プレンミエス〔エチオピア人〕⁽¹⁸⁾に対してはその神学理論⁽¹⁹⁾のゆえに批判しています。ですから，バウドリーノには，イパーツィアに

山羊の足があってもよかったし，イパーツィアは身体的偏見がもはやない世界の一部を形成していたわけです。[20] バウドリーノと皇后との不可能な愛の後で，可能な愛の物語が存在することを欲していたのです。

TS イパーツィアを代表者とする，グノーシス主義に関して，私は『フーコーの振り子』との関連を見いだしました。この作品においても「制御をなくしたデミウルゴス」のこととか，宇宙創造における「誤り」としての人間（『バウドリーノ』，435頁以下）とかのことが語られていましたからね。

UE 『振り子』の中にいたのは悪しき不可知論〔問題回避〕の人びとでしたが，今度は良きグノーシス派の人びとが出ているのです。ただし，イパーツィアがグノーシス主義の教義の媒介者であるだけではなくて，そこには偽ディオニュシオス・アレオパギテス[21]もいるし，そこにはプロクロス[22]やその他の者もさらにいるのです。グノーシス主義で私に魅力があるのは，〔退場の際の〕合唱歌であって，合唱隊の登場ではないのです。下手への道であって，上手への道ではないのです。この世はへぼデミウルゴスによって創られたという，悲観主義的な見方に私は魅かれるのです。なにしろ，これは世の中の悪を正当化する一つの方法ですからね。逆に，不可知論的な苦行全体，完成欲，肉体拒否には，私は魅かれません。でも，悪しきデミウルゴスが存在するというシオラン[23]の考えは，私は嫌いではありません。こうなると，悪は神の病気ということになります。しかしだからといって，私たちは降伏すべきではないし，逆に，私たちは世界をより人間的にしなければならないのです。

TS それに関しては，小説の中の一断章が，あなたにとって『バウドリーノ』のそれのような，遠い世界の創造は現代の現実への政治参加の一形式でもありうることを示唆しているように思われます。「別の世界を想像すると，現代世界を変える結果ともなる」

(104頁)のですから。

UE それが私にとって小説の第一の意図であったわけではありませんが,たしかに,それは文学の機能の一つではあります。『バウドリーノ』は一種の"ビルドゥングスロマーン",つまり,主人公の内面的成長の物語でもあるのです。

TS 田舎生まれで世間知らずの,うぶな若きバウドリーノは,まず森の中で自分と同名のサン・バウドリーノの幻影が現われるのを見,その後はドイツの一騎士に出くわし,皇帝赤髯王と接触させられています。こうしたすべてのことは,私には,森の中で出会った一騎士[24]によりアーサー王のことを知らされる,ヴォルフラム・フォン・エシェンバッハの中世叙事詩における若きパルツィファルなる人物を想起させます。バウドリーノもパルツィファルもその後,聖杯探求に出発しているし,ふたりともそれぞれのやり方でそれを発見しています。

UE はい。でも,バウドリーノはパルツィファルよりもずる賢いです。

TS ヴォルフラム・フォン・エシェンバッハの叙事詩との結びつきは,あなたの小説においてバウドリーノの友だちのひとりである,キョトなる人物によっても確証されますね。もっとも,この人物は典拠としてのヴォルフラムでは,「キオートはわれわれに正しい物語を知らせてくれている」[25]と引用されていましたが。

UE はい,たしかに。そして,さらに小説の中ではキョト[26]と並んでボローネ[27]もいます。バウドリーノは聖杯の物語を創出しているのであり,その後ふたりはそれを物語り出すのです。私は年代・日付をコントロールしました。つまり,家に戻ってそれを書く時間があったのです。しかも,私の小説では話題は"反-聖杯"なのです。なにしろ嘘なのですから。

TS バウドリーノなる人物に関しては,私はもう一つお訊きしたいのですが。彼の話し方はしばしば卑猥だし[28],彼の無礼な悪ふ

ざけはカーニヴァル的な性格を思い起こさせます。

UE 私は悪漢小説風な"シェルム"を考えたのです。

TS ええ，でもあなたはまだ『バラの名前』以前の，すでに1980年にも，ミハイル・バフチーンの『ラブレー論』に関して「レスプレッソ」誌上で書評を発表していらっしゃいました。そこで，あなたは笑いの解放的な力のことを述べておられました。「恐怖を解放するもの，悪魔や死そのものを追い払うものとしてのコミック的要素」(29)を。このテーマはあなたの第一の小説では，アリストテレスの『詩学』の，笑いに向けられた第二部の探求を通してさらに展開されました。『バラの名前』では，あなたはわけてもアナグラム "Alcofribas Nasier" を引用しながら，François Rabelais を暗示する(30)すべを心得ておられた。また『フーコーの振り子』では，作中人物ベルボは死ぬ前に，英雄的振る舞いを遂行することにより，魔性人たちをからかっています。(31)私の印象では，『バウドリーノ』においても，主人公はラブレー風の冗談をもって，(32)蒙昧主義に対抗して理性を引き受ける一種のやり方を代表しているように思われるのですが。

UE それぞれの人物はテーマそのものに囚われているのです。

TS ここでも，あなたが『フーコーの振り子』においてすでに批判された，"ヘルメス主義的記号過程"(33)のことをも考えることができますね。なにしろ，プレスター・ジョンの伝説的王国への探求は，あなたの第二の小説におけるテンプル騎士団の計画への探求(34)に劣らず，非合理的なのですから。

UE ええ。でも『フーコーの振り子』における現代人たちの心にあっては，こういうタイプの探求は秘教的な愚行なのですが，逆に中世においては，それは一般文化の一部を成していたし，したがって或る意味では，それは今日ほど馬鹿げていたわけではありません。これは神秘なオリエントへの注目だったのでして，このことについてはジャック・ル・ゴフがたいそう見事に多くのこと

を書いています。どれほどの人が気づかれるかどうか分かりませんが，私は交錯対句法を行って楽しんだのです。つまり，前半では神秘なオリエントを夢見る，問題だらけの西洋があり，後半では西洋を夢見る，つまらぬオリエントがあるのです。

ＴＳ　ええ。バウドリーノおよびその友だちがプンダペッツィムの助祭ジョヴァンニのところにいるときには，彼らは「太陽の昇る場所に住めば，きみは日没の素晴らしさしか夢見ることはできまい」（397頁）ということに気づくことができるのです。つまり，各人は遠い理想を必要としているのです。

ＵＥ　でもあいにく，私どもにはオリエントが西洋に向けている夢についての資料がありませんから，私はそれをでっち上げざるを得なかったのです。

ＴＳ　反対に，プレスター・ジョンの伝説の証拠資料は十分にあるように思われます。私はこの主題に向けられたいろいろな本をすでに見つけています。

ＵＥ　私が利用した本の一冊は，サイエンス・フィクションの作家でもある研究者シルヴァバーグのものです。

ＴＳ　あっ，そうですか。ロバート・シルヴァバーグですね。私もそれを入手しました。[35]

ＵＥ　その後，イタリアではジョイア・ザガネッリが以前の諸版の校訂版を編纂しました。

ＴＳ　はい，はい。私もその版は知っています。原文とイタリア語の対訳が付いていますね。[36]

ＵＥ　プレスター・ジョンに関しては際限のない文献があり，シルヴァバーグ本には書誌のすべてが出ています。19世紀以前に，ドイツ人たちはこの伝説を取り出し，初めていろいろのテクストを発表したのです。[37]逆に，アクションをアフリカに移している第二部に関しては，ひとりのポルトガル人フランシスコ・アルヴァレスの報告が出てきますが，彼はエチオピアでプレスター・ジ

（付録）インタヴュー　119

ョンに出会っています。⁽³⁸⁾

　私がオリエントについて書こうとして面白かったもう一つのファンタジー，それは一本足族とか他の奇異な存在です。彼らのことは中世のテクストではいつも言及されていますが，決して十分には描述されていませんし，せいぜい概要があるくらいです。でも，一本足しかないとしたら，この一本足族はどうやって生活するのか，どこにペニスがあるのか？　こんなことを想像して，私は帰結を見るのが楽しかったのです。⁽³⁹⁾

ＴＳ　あなたが1960年に，ボンピアーニ社の編集者として出版された，『伝説の土地』と題する本でも，すでに一本足族のことが語られていましたね。

ＵＥ　はい。それは翻訳でして，原題はＬ・スプラグ・ディ・カンプとウィリー・レイの共著『彼方の国々』でした。⁽⁴⁰⁾表紙には一本足族が載っていました。それを描いたのは私の妻でして，彼女はボンピアーニ社でグラフィックアートをやっており，この本のためのイラストを探していたのです。私が『バウドリーノ』を執筆していたときにも，この本のことが念頭にありました。『伝説の土地』の中には，プレスター・ジョンの王国の話や，イスラエルの離散した十支族の話もすでに出ているからです。その後，ダン族の人エルダドによるヘブライ語の本を私は発見しました。その中でもプレスター・ジョンが出ており，サンバティオンという石の川のことが語られております。⁽⁴¹⁾

　このサンバティオンを記述する際，私は二重に楽しみました。第一には，プリニウスの中に見つかった石の名前を使うことによって。次に，フィナーレに出てくる深海の描写では，私が旅行中にブラジルとアルゼンチンの国境にあるイグアスの滝（石でできているように見えるのですが）についての記憶を練り直しました。

ＴＳ　でも，サンバティオン川の描写は，私には唯一の大いなるエピファニー，ほとんど恍惚状態の賛歌のようにも見えるのです。

「赤鉄鉱と辰砂の赤み，まるで鋼鉄みたいな量の明滅，黄色から鮮やかなオレンジ色に至る細い金の色素の飛行，アルミニウムの青灰色，石灰化した貝殻の白み，クジャク石の青み，絶えず薄れていく酸化鉛の褪色」(367頁)。この記述は『前日の島』におけるオレンジ色の鳩のそれを想起させます。これもこの小説の中心的なエピファニー的象徴になっていますね。「緋，朱，茜，丹，紅，臙脂，紅玉，鮮紅，紅蓮，とロベルトがほのめかした。『いや(ナイン)，いや(ナイン)』とカスパル神父は苛立った。するとロベルトが言った，イチゴ，ゼラニウム，アマランサス，ベニバナ，サクランボ，柊の実，ツグミの腹，ジョウビタキの尾，コマドリの胸，と」(257-258頁)。

UE あなたの指摘されたとおりです。もっと付け加えますと，『バウドリーノ』における一角獣を連れた貴婦人の場面はすべて，ジョイス・ウォルター・ペイター，トーマス・マン(『トニオ・クレーガー』)からの，さまざまなエピファニーの記述のコラージュなのです。

TS そういうエピファニーの瞬間はあなたの小説，少なくとも『フーコーの振り子』以後からは，一つの定項のように思われるのですが。

UE ジョイスについての研究を通して，私はそこに到達したのです。エピファニーについては私の友人レナート・バリッリによる見事な定義があるのです。[42]「唯物論的法悦」だ，と。伝統的な聖なるものがもはや存在しない世界では，エピファニーは神聖さの一つの瞬間たりうるのです。もちろん，これは私の詩学の中心要素の一つです。いつか私が第五の小説を書くとすれば，そこにはもう10個のエピファニーが現れることでしょう。私は或るテクストも書いたのですが，これは後にルチャーノ・ベリオが作曲しました。まさしくエピファニーと呼ばれており，文学史上のさまざまなエピファニーのコラージュになっているものです。[43]

TS 『バウドリーノ』のフィナーレで,この主人公はプレスター・ジョンの王国が作りごとに過ぎないと承知しながらも,その探求を続行したがっていますね。ところが,『フーコーの振り子』ではフィナーレは異なっていて,三人の主人公で生き残った唯一人のカゾボンは,最終的にテンプル騎士団の計画の強迫観念から解放されて,生まれ故郷に引き込もってしまいます。「分かったぞ。把握すべきものは皆無だったという確信,これこそが私の平安と私の勝利であるに違いなかろう」(508頁)。してみると,二つの小説におけるモラルも違うのでしょうか?

UE カゾボンは言っています,この計画は大嘘であり,生はありのままのものであって,そこにとどまるのだ,と。ところが,バウドリーノは少々異なる人物なのです。つまり,生はありのままのものだが,彼は何かを探求しに出かけられるように考え出すのです。したがって,『バウドリーノ』は『フーコーの振り子』の前に書く必要があったかも知れません。バウドリーノは存在せざる世界を考え出す,ポジティヴで庶民的な人物ですが,他方『振り子』の魔性者たちはこの神秘的な世界に受動的に降伏して生活しており,ただ悪事をしでかしているだけなのです。

TS してみると,『バウドリーノ』には本当はヘルメス主義的記号過程が入らないのではないでしょうか?

UE 私見では否です。『振り子』は悪しき嘘の話でしたが,こちらは良き嘘の話なのです。『バウドリーノ』では嘘がファンタジーと化していますが,『振り子』ではファンタジーが嘘と化していたのです。

TS でも,バウドリーノおよびその友人たちがプレスター・ジョンの手紙を書くのは,「ハチミツのようにどろっとした,緑がかった色のパスタ」(97頁)を食べた後,つまり,麻薬の作用の下でのことです。これは否定的なサインではありませんか,彼らが理性の使用をなくしていることを意味しませんか?

UE　それは彼らにプレスター・ジョンの手紙をでっち上げるように刺激するための，物語上の一つの方便だったのです。『バウドリーノ』におけるすべての残余と同じく，それは低下，脱神話化の過程なのです。聖杯が木製の椀であるのと同じように，あらゆる創作は陶酔状態から生まれるのです。

TS　小説のフィナーレのあたりで，バウドリーノの友だちのひとり，ボイディがアレッサンドリアに戻る計画を立て，そこで，聖杯，つまり例の椀をガリアウドの像の中に隠し，それからこの像を大聖堂の正門入口の上に掲げようとする話が語られています。(44) でも，この像は本当に存在していますし，私はロベルト・リヴラーギのアレッサンドリアに関する本の中（27頁）で，それの写真を発見したのです。

UE　今では誰かが夜中にそこへ行くものと，私は期待しているのです。市長に市警を配備するよう，すでに伝えてあります。

TS　バウドリーノはアレッサンドリアにその椀を戻す前に，「約15年間，自分はそうとも知らずにこの聖杯(グラダーレ)を運びつづけてきたんだ」（501頁）ということを発見していました。このことは私に『フーコーの振り子』におけるベルボの状況を想起させました。ベルボはその生涯における唯一のエピファニーに気づかなかったのですから。「決定的な瞬間，生死を正当化する瞬間がすでに過ぎ去ったことに気づかないまま，機会を探して一生を過ごすことがどうしてできよう？」（501頁）

UE　バウドリーノに関しては，彼は具体的な対象を携えていたのですが，ベルボに関しては，彼は啓示をごく後になって初めて，そういうものとして知ることができたのです。バウドリーノの状況に関しては，私はエドガー・アラン・ポーの『盗まれた手紙』のことを考えていました。この作品では，みんなが盗まれたと信じていた手紙はいつもそこにあったのであり，誰もそれを見なかったのだということが露見するのです。

TS　あなたが今しがた言及されたように，プロットに組み込まれた推理小説的要素が，あなたの四つの長編小説のもう一つの定項であることは疑いありません。『バウドリーノ』では，閉じた部屋の中での殺人がもっとも目立つ要素ですね。⁽⁴⁵⁾

UE　はい。それは推理小説の伝統的な"トポス"の一つです。私はそれを中世に移して，それを一つの歴史的事件として扱うことを楽しんだのです。⁽⁴⁶⁾

TS　読者としても，この要素を認識して，そこから或る楽しみを抽き出すべきですね。この場合，"ポストモダンの"態度を云々してもかまわないのでしょうね。

UE　はい，もちろん。大衆文学の諸"トポス"のアイロニックな再訪なのです。

TS　そのことは小説のフィナーレにおける地下聖堂（クリュプタ）の記述についても言えますね。19世紀英国の"ゴシック小説"からまさしくコピーされているように思われますが？

UE　私が考えていたのはパレルモのカプチン修道会士たちのクリュプタなのです。まさしく小説の中でも語られているように，何百というミイラにされた死体が葬られているのです。他方，もちろん私は穴蔵とか迷宮とかが好きなのです。『バラの名前』では図書館の構造があったし，『振り子』ではパリの国立工芸院があったし，『島』では船の内部がありました。どんな人でもそれぞれ好きなテーマがあるものです。『「バラの名前」覚書』の中では，私が子供のじぶん，毛布の下で潜水艦遊びをしていたことを語っておきました。私は子宮なるアイデアが好きなのです。

TS　小説の中で，バウドリーノは「結論に到達するために」，⁽⁴⁷⁾つまり自分の生存の意味を見つけるために，ニチェータに自分の一生を物語るのだと言われています。これはまた，小説家としてのあなたの動機づけでもあるのでしょうか？

UE　これはおそらく，すべての小説，つまり，他の作家の小説で

も同じでしょう。でも，私の小説の中ではそういう状況が繰り返されていることは認めます。『バラの名前』では語り手は過ぎ去った生涯を観照する老アトソンだし，『振り子』ではもうベルボが亡くなったときに彼の"ファイル"をカゾボンが読んでいるし，『島』ではロベルトがもう消え失せてから，彼のノートを無名の語り手が見つけています。

TS　アトソンに関しては，『バウドリーノ』の中で『バラの名前』のフィナーレの状況への暗示を私は見いだしました。「誰かも言っていたように，親指が痛む」(16頁。正書法に欠陥があるのは，若いバウドリーノのせいにされています)というのを。あなたの第一の小説の最終パラグラフは，「筆写室の中は寒いし，親指が痛む」(503頁)という句で始まっていましたね。

UE　これは小さな遊びなのです。でも，バウドリーノはアトソンより200年前に書いているのですから，たぶんバウドリーノがこの句をひねりだしたのであり，アトソンはそれをコピーしたのかも知れません。(笑)

(2001年5月14日，ミラノにて)

注
(1)　この聖人の生涯に関するリヴラーギの本の中ではこう出ている。「広大な"フラスケッタ"の森の中で，〔中略〕アンフーゾは鹿に見間違えられて，従者により重傷を負わされた。この若者の生命を救うため，王はバウドリーノという，純朴で厳格な人物を呼びにやった。するとこの隠者は，やって来た王の使者たちが話し終える前に，もうアンフーゾは死んでいるから私がどんなに力添えしても無駄だろうと言った。王の使者たちがマレンゴに戻ってみて，この人物の言ったことが本当だと知った。こうして〔中略〕アレッサンドリア市教会の守護聖人〔バウドリーノ〕に対する民衆の崇拝が生じたのである」(『アレッサンドリア』，5頁)。エコの小説の第39章「柱頭行者バウドリーノ」では，こう出ている。「ある朝ひとりの男が馬に乗ってやって来た。息をはずませ，ほこりまみれで。彼〔バウドリ

ーノ〕に向かって言った，狩をしていて，ある貴族が誤って矢を発射し，姉〔妹〕の息子に当たったのです〔中略〕。その少年はまだ息をしているので，その貴族があなた〔バウドリーノ〕に来てもらい，神の僕(しもべ)としてなしうることをすべてやって欲しいと望んでいます，と。するとバウドリーノは答えた，《〔中略〕いいかね，その少年はこの瞬間には息を引き取りかけている，いやむしろ，もう死んでいるよ。神の祝福があらんことを》。例の騎士が戻ってみると，少年はすでに亡くなっていた。このニュースが知れ渡るや，セリンブリアの多くの人びとはバウドリーノには千里眼の才があると叫んだのだった」(521頁以下)。

(2)「アレッサンドリアを横断しているという秘密の地下道にまつわる話は今日でもなされている。中世の初めに掘られた謎のこの通路には，抜け道や通路が付随しており，そこでは赤髯王の兵士たちの墓や持ち物がまだ見つかるらしい。」(チェンティーニ，同書，ニュートン&コンプトン社，1999年，10頁)

(3)『フーコーの振り子』の主人公たちのひとりベルボという名前は，アレッサンドリアから遠くないピエモンテ州を流れているベルボ川から採られている(チェーザレ・パヴェーゼの故郷サント・ステーファノ・ベルボのことは言うまでもない)。また，同じ小説では，ピエモンテで過ごしたベルボの幼年時代のことがよく出てくる。さらに，『前日の島』の主人公ロベルトも，まさしく「アレッサンドリア人の境界線」(ミラノ，ポンピアーニ社，1994年，22頁より引用)で成長したのである。

(4)「〔アレッサンドリアの〕砦(とりで)の中には〔……〕赤髯王フリードリヒが攻囲したとき，その前に現われたサン・ピエトロを描いている画布が保存されている。〔……〕皇帝と部下たちがこの市をまさに占領しようとしていた〔……〕。いきなり彼らの前に，サン・ピエトロが白馬に乗って現われた。この使徒は左手に天国の鍵を，右手には剣を握っていた。そこで侵入者たちは怖じ気づいて散り散りに逃げ出した。アレッサンドリア人たちはこうして退却に気づき，赤髯王の部下を打ち負かすことに成功したのである。」(チェンティーニ，前出書，9頁以下)

(5)「ところで，私がこの目で見ているように思われる場面を想像して欲しい。〔……〕われわれの仲間はみな跪き，あの方は市を護ってくださるサン・ピエトロだと叫び，そして，皇帝の軍隊を地下道に押

し込めながら，言うのだった，われわれが生命を助けてやることを神に感謝しろ，そしてお前たちの赤髯王の陣地に行って，法王アレッサンドロの新都市はサン・ピエトロ御自身によって護られている，と伝えよ。」(『バウドリーノ』，187頁)

(6) エコがこれらの詩句をすべて記憶から正確に引用していることは，後でカルドゥッチの『詩集』(グイード・ダヴィコ・ボニーノ編，ミラノ，リッツォーリ社，1979年，207頁以下)で確かめられた。

(7) ファウスト・ビーマ著，アレッサンドリア，フェッラーリ・オッチェッラ印刷所，1965年(あいにく非売品)。

(8) たとえば，「ボイディは説教をしようとしたのだが，"マー！"と言っただけだった」(360頁)。

(9) 「クワルニェントのクッティカは言うのだった。改称してもよろしい，この都市がチェザレッタと呼ばれようが，チェザローナと呼ばれようが，そんなことはどうでもよい。チェジーラ，オリーヴィア，ソフローニア，エウトロピーアであってもけっこう。問題はフリードリヒがはたして執政長官を派遣したがっているのか，それとも，市民が選んだ行政長官に合法的な権限を授けることに同意するのかにあった。」(242頁以下)

(10) 小説(イタリア語版)44頁にも触れられている，『年代記，または二つのキウィタス〔都市国家の市民たち〕の歴史』の著者。同箇所においてエコは(『バラの名前』の中でもすでに採用していた)"再生羊皮紙"(パリンプセスト)なる概念を介して，自らの典拠に言及している。なにしろバウドリーノは文字通りオットーのテクスト上に書いているからだ――「羊皮紙はあまりこすりとられておらず，下に書かれていた原文の部分がまだ垣間見えている」。

(11) 現在イタリアで入手可能な校訂版(ロレンツォ・ヴァッラ財団，アルノルド・モンダドーリ社，ミラノ，1994-1999年)にはまだ第3巻が出ていないが，そこではなかんずく，1204年に十字軍によるコンスタンティノープル征服が物語られている。エコはその小説のためにこの最後の時期が必要だったので，16世紀に印刷されたニチェータの全集を用いたのだった。

(12) プロヴァンスのトルバドゥール。12世紀中葉の詩人で，十字軍に加わった。遠方の王女への恋愛詩で有名であり，したがって，エコの小説において同じ恋患いをしているアブドゥルなる人物の理想的モデルにもなっている。

⒀　この目標の魅力は，それが実際には存在しないと分かってもなくならない。アブドゥルは語っているのだ，「そのときから，僕はこの遠方の王女を見つけるために逃げ出さねばならない，と自分に言いきかせてきた。〔中略〕この心像は幻影だったが，しかし僕の心中でそのとき感じていたものは，幻影ではなくて，真の欲求だったのだった」（97頁）。小説の最後では，バウドリーノはアブドゥルのそれに匹敵しうる態度に留まっており，ニチェータの忠告に感化されてはいない。「《私はプレスター・ジョンの王国に行かなくてはならない。さもないと，自分の人生を無駄にしてしまうだろう。》《でもあなたはそれが存在しないことをご自分で確かめたはずですよ！》《私たちがそこへ到着していないことは確かめられた。あなたの言うのとは違うのだ》」（523頁）。

⒁　1939年に書かれたエッセイ（1956年改訂）。この中でルージュモンはわけても"西洋の東方的誘惑"について語っているのだが，これはまさしく，プレスター・ジョンの王国を探求する『バウドリーノ』のテーマでもある。

⒂　伝説上の存在で，一本足しか持っていない。エコの小説の370頁に描述あり。

⒃　やはり伝説上のパノーティ族は，バウドリーノによってこう描述されている——「私たちと似た人種なのだが，ただし，二つの耳はとても大きく，膝まで垂れ下がっており，寒いときにはマントみたいに身体の周りにそれらを巻き付ける」（375頁）。

⒄　一本足族は下手なイタリア語でバウドリーノに対して自分の見方を弁護している——「《そう，俺たちのようにね。俺にも耳はある。》《ただし，いまいましいことに，膝までは垂れていない！》《君だって親しい友人の耳よりははるかにでっかい耳をしているじゃないか。》《でも悲しいかな，パノーティ族ほどじゃないよ！》《みんなはそれぞれ母親がくれた耳をしているのさ》」（375頁）。

⒅　プレンミエスの身体特徴はこう描述されている——「この種族には〔中略〕頭はなく，首もなかった。人間なら乳首がある胸には，アーモンドの形をした目が二つ開いていた……」（373頁）。

⒆　「《奴らの考えは間違っているんだ。》《どうして間違っているんだい？》《奴らは誤りを犯すキリスト教徒なのさ。奴らは幻影屋なのさ。〔中略〕奴らが言うには，御子の幻影だけが十字架で死んだのであり，ベツレヘムで生まれたのでもなく，マリアから生まれたのでもない……》」（375頁）。

⑳　「《ニチェータさん、僕は彼女の服を破ってこの目で見たのです。イパーツィアは腹から下は山羊の姿をしており、その両足は象牙色の二個の木靴で終わっていたのです。》《怖い話だな!》とニチェータは言った。《怖いって？　いや僕はそのときにはそんな気持ちはしなかったのです。びっくりしたけれど、それもほんの一瞬だけです。それから僕は決めたんです。僕の身体は僕の心のために、または僕の心は僕の身体のために決めたんです。僕が見たり触れたりしたものはとても美しいのだ、と。なにしろ、それはイパーツィアだったし、彼女の獣的な部分は彼女の優美さの一部を成していたのですから……》」(447頁)。

㉑　西暦5世紀の新プラトン派の哲学者でキリスト教徒。彼の著作は中世によく注解された。

㉒　もうひとりの新プラトン派の哲学者。西暦410年にコンスタンティノープルに生まれ、485年にアテネで没した。中世のスコラ神学を準備するのに貢献した。

㉓　エミール・M・シオランは1911年ルーマニア生まれ。30年代初めにパリに留学し、その後フランスに居残った。第2次世界大戦の後、すべてフランス語で多数の哲学的著述を発表。シオランはエコにより『フーコーの振り子』の中で、たとえば、第11章冒頭で引用されていた（そこでは、『悪しきデミウルゴス』からの断章のイタリア語訳が見られる）。

㉔　「あんたは騎士だと言ったが、騎士ってなんなの。あんたが神様の力を持っていないなら、誰が騎士にしてくれるのか教えてくれないか。」「それはアルトゥース〔アーサー王〕王だよ。」（ヴォルフラム・フォン・エッシェンバッハ『パルチヴァール』加倉井粛之ほか訳〔郁文堂、1974年〕65頁）

㉕　同書、430頁。

㉖　キョトなる名前の背後には、ヴォルフラムが1184年にマコンザで出会ったであろう、プロヴァンスのトルバドゥール、ギュイヨ・ド・プロヴァンスの名が隠されていることを想起されたい。

㉗　クレチアン・ド・トロワの『ペルスヴァルまたは聖杯物語』より少し後に発表された『聖杯の歴史物語』を12世紀末に書いた、ロベール・ド・ボロンをモデルにして出来上がった名前。

㉘　バウドリーノの用いているコミック的な言葉は、糞尿譚的（「もう一度黄玉（トパーズ）をくれたら、俺はそれを飲み込み、後で窓から排泄してや

る」,147頁)であるばかりか,明らかに性的でもある(「良家の人びとは鳥と呼んでいるが,彼にはチンポと呼ばれているものを,彼らの母親の,あの売春婦たちはこすったのだ」159頁)し,これらはともにカーニヴァルの態度に典型的なものである。

(29) U・エコ「聖体」(「レスプレッソ」誌,1980年2月3日号。ミハイル・バフチーン『ラブレーの作品と民衆文化』伊訳,エイナウディ,1980年,に対しての書評)。

(30) 『バラの名前』(伊語版),442頁(ミラノ,ボンピアーニ社,1983年の第21版より引用)。同小説においては,『ガルガンチュアとパンタグリュエル』の序の歌の一行,「笑うはこれ人間の本性なり」も引用されている。「なんとなれば,笑いは神学者たちも教えているように(この原作者の推定アイロニーは注目すべきである―TS)人間固有のものであるからだ」(103頁)。

(31) この句はピエモンテ地方の方言 "Ma gavte la nata"〔糞ったれ!〕のこと。『フーコーの振り子』,471頁(初版,ミラノ,ボンピアーニ社,1988年)。

(32) 小説の中では,バウドリーノはパリのサン・ヴィクトワール図書館の蔵書のためにタイトルをいろいろとでっち上げている(たとえば,*De modo cacandi*〔脱糞法論〕とか,*De castramentandis crinibus*〔頭髪中ニ屯営ヲ設ケザルベカラザルコトニ関シテ〕。いずれも90頁)。正確には,同じタイトルはラブレーにおいても,より正確には,『パンタグリュエル』第二之書〔渡辺一夫訳,岩波文庫,1991年,56,58頁〕においてすぐに見つかるのである。

(33) 1986/1987学年度のボローニャ大学でのウンベルト・エコの講座のテーマ。

(34) バウドリーノおよび彼の友だちにより,小説の中で書かれている,フリードリヒ赤髯王宛てのプレスター・ジョンの書簡に関しては,ラビ・ソロモンが「これは解釈の渦に道を開く」(146頁)と指摘している。このことはエコの第二の小説のテーマとしての"解釈ノイローゼ"なる,彼の決り文句を想起させる(「『バラの名前』から『フーコーの振り子』へ」,『ウンベルト・エコ インタヴュー集』(谷口勇訳,而立書房,1990年),134頁参照。

(35) 『プレスター・ジョンの伝説。幾世紀もヨーロッパの民衆が夢見てきたオリエントの神秘王』。カザーレ・モンフェッラート,ピエンメ社,1988年(原著は『プレスター・ジョンの王国』エイセンズ/

オハイオ，1972年）。
(36) 『プレスター・ジョンの手紙』，ミラノ，ルーニ社，2000年（この版には，ラテン語，アングロ＝ノルマン語訳，古フランス語訳も含まれている）。
(37) グスタフ・オッペルト『プレスター・ジョンの伝説と歴史』，ベルリン，1864年。フリードリヒ・ツァルンケ「プレスター・ジョンの手紙の新版について」，「ライプツィヒ王立ザクセン科学協会討議報告書，文献学―歴史部門」第29巻，1877年。
(38) シルヴァバーグは252頁で言及している。彼によると，アルヴァレスは1520年にエチオピアに到着したらしい。
(39) 『バウドリーノ』，370頁参照。「ちなみに，脚はあったが，一本だけだった。片足だったのではない。なにしろ，むしろその脚は自然な姿で胴体にくっついており，さながらほかの脚の余地がないみたいであって，この一本脚に一つの足が付いているだけであり，この生き物はさながら誕生以来そういう動きに慣れているかのように，軽々と走るのだった。〔中略〕バウドリーノおよび友だちはすぐにそれと気づいた。何度もそれについては読んだり，話を聞いたりしていたからだ。そう，それは一本足族だったのだ。他方，彼らはこの一本足族のことをプレスターの手紙の中にも含めていたのである」。
(40) 1953年に合衆国で出版され，同年国際ファンタジー賞をも受けた。
(41) ジャクリーヌ・ピレンヌ『プレスター・ジョンの伝説』ジェノヴァ，マリエッティ社，2000年参照。同書は63頁でダン族の人エルダドのことを述べており，また112頁で19世紀末のこれの版本を引用している。
(42) 宗教に遡るエピファニーなる概念は，19世紀後半に英国人ウォルター・ペイターによって文学に適用された。エコは著書『ジョイスの詩学』（初出は1962年の『開かれた作品』の中の一部として）の中でそれについてこう書いていた。「ペイターの原文を再読してみると気づくのだが，現実なるもののエピファニー化の過程のさまざまな時機の分析は，美の三規準についてのジョイスの分析にひどく類似したやり方で行われているのである。〔中略〕《どの瞬間にもフォルムの完成が片手とか一つの顔に現われている。丘の上とか海上での何らかの色調は，残余のものよりも洗練されている。激情，ヴィジョン，知的興奮の何らかの状態は，われわれにとっていやおうなしに現実的であり，かつ魅力的である――その瞬間だけは》」（ミラ

(43) 「いいかい，完全そのものが片手とか，一つの顔とか，丘の斜面や海上での何らかの陰影の上に現われる瞬間〔これらは，上の註で引用したばかりのペイターの言葉なのだ〕，美の奇跡に直面して心が麻痺させられる瞬間があるのさ〔中略〕。僕は美しいものを見るのではなくて，神の聖なる思いとしての美そのものを見る術(すべ)を心得ていたんだ。」(『バウドリーノ』，423頁)

(44) 「僕は郷里に戻り，誰にも何も言わずに干し草置場に出かけ，その像を見つけ，その頭上にあるものの上に穴を何とかしてあけて，その中に聖杯(グラダル)を突っ込むんだ。それからモルタルで覆い，割れ目が一つも目につかないように，上に石の破片をかぶせて，像を大聖堂に運ぶのだ。それを壁の中にうまく塗り込んでしまえば，幾世紀もずっとそこに残り，誰もそれを引き出すことはすまい……。」(508頁)

(45) このテーマがはなはだ巧みに扱われているのは，ジョン・ディクソン・カーの『上辺の男』(1935年)であって，そこでは締め切った部屋での暗殺の七類型が区別されている。このカーの本を知らせて頂いたエルランゲン大学のヒンリヒ・フッデ教授に謝意を表したい。

(46) こういう楽しみは，小説中のアイロニックなコメントで指摘されている――「どんな人間精神でも，閉ざされた部屋の中での犯罪を想像するほどひねくれていることはかつてなかった」(322頁)。

(47) 「バウドリーノは物語っていた瞬間には，結論にまだ到達していなかったのであり，まさしくそこに到達するために物語っていたのだった。」(47頁)

訳註

* ロンバルディーア同盟の軍隊のこと。ロンバルディーア同盟は1167年，ロンバルディーアの自治都市が赤髯王に対抗するために結ばれた。

"Un colloquio con Umberto Eco intorno a *Baudolino*", *Il lettore di provincia*, anno XXXII, 110/111 (Ravenna: A Longo editore, 2001), pp. 3-14 より訳出。*Zibaldone*, No.33 (Frühjahr 2002), 90-110頁にドイツ語訳が出た。Thanks are due to Prof. Dr. Thomas Stauder for his kind permission of including Japanese translation in this book.

訳者あとがき（訳者が「知っている2，3のこと」）

　ウンベルト・エコ（1932−　）の学術書や，彼の小説に関するコメント類，彼とのインタヴュー集，彼についての評伝，等をこれまで十数点訳出してきた（「ほかに大事なものがいっぱいあるのに」と揶揄されたり，「余計なコメントを原作以前に出すとは」，と批判されたりしながらも）。とにかく，残念なことにこれまでの作業が報われたという気分はまったくと言ってよいくらい持てないでいるし，それどころかときには上の無恥（＝無知）厚顔な暴言——ma gavte la nata！——に，不覚にも色をなして反論したことも事実である。迷訳には随分，楽しませてもらったが。
　上の暴言（「余計なコメントを原作以前に出すとは」）について，ここで一言。エコはたしかに小説家だが，ただの小説家であるだけではなくて，学者——記号論学者——でもあるのだ。純粋の小説家（たとえば，ネルヴァルや，J・K・ローリング）ならば，小説の前にコメントを読むのは，エコも言うように（『エコの翻訳論』，「『シルヴィー』再読」，35頁），無用かつ邪魔になることだろう。しかし，学者・小説家であるエコ（しかも学問を小説で実践していることを自ら公言しているのだ）の場合には，事態はまったく異なる。コメントどころか，エコが送った参考資料さえも無視して敢行された『薔薇の名前』の出来映えや如何？　エコの場合にはコトローネオも言うように，すべてが絡み合い，相照らし合い，書物どうしで対話し合っているのだから，（特に『バウドリーノ』が出てからは）どこから始めてもよいのである！　どの作品からでも，作品のどの部分からでも，コメントであれ，何であれ。エコを相手にすると，"文化"（教養）に引き込まれざるを得ないのだ——小説であろうが，エッセイであろうが。要言すれば，「知の大百科」を相手にするようなものである。しかも彼を知れば知るほど，その幅広さ

と奥深さを思い知らされ，ますます興味を掻き立てられずにはいられまい（彼のことを"リトマス（Tornasole）試験紙"みたいだ，と繰り返し私が揚言してきた所以である）。M・デ・ユングが投げかけた質問——パズルが解決した後でも，『バラの名前』は文学作品たりうるのか？（『エコの翻訳論』，210頁）——もコトロネーオの本書で答えが見つかる。ことは『バラの名前』だけではとうていすまないで，間テクスト性の問題が永遠に続くことになるからだ。したがって，彼の作品へのコメントであれ，彼の作品の一部に関しての研究であれ，何でもが学術的価値を持つわけだが，こんなことはほかの作家では必ずしも当てはまらないであろう。上の暴言（『ウンベルト・エコ　インタヴュー集』181頁の訳注1参照）をはいた張本人がボローニャでエコに学んだ記号論専攻者だとは，何という皮肉か！「エコ読みのエコ知らず」を地で行っているのだから。（この点では，邦訳『薔薇の名前』で表彰された自称賢明ナル訳者氏も人後に落ちない。この訳者には教養もイタリア語力も不足している。この訳が最低だということは私が繰り返し指摘してきたところである。しかし現在まで，まったく訂正されてはいない。ところが，上の張本人を始めとして，この迷訳への賛美者には事欠かないのだから，わが国はおめでたいものだ。騙されて喜ぶ愚者どもかな！　こんな訳は百回読んでも本当のことは理解できないだろう。肝心要(かなめ)のタイトルの意味すらも！）

　エコの出発点がトマス・アクイナスの美学にあるのだということは常に忘るべからざる重要事である（『中世美学史』参照）。これまで四点の小説が出たわけだが，これらが鏡状に相互に照らし合い，——間テクスト性のことである——，トマスの"大全"的百科全書を成していることを読み解いている点で，コトロネーオの本書は"極めつきのエコ解釈書"と言っても過言ではあるまい。

　さて，コトロネーオの本書を訳出するに至った経過について。タイトルに魅かれて入手後，共訳者G・ピアッザ氏がまず一読，その

内容の充実振りから，即座に訳出を提案されたのだった。版権交渉が始まる前に粗訳が早くも仕上がったくらい，熱中して作業は行われたのである。

『バウドリーノ』について。1999年アレッサンドリアでフィッソーレ書店（エコや共訳者が幼時から出入りしてきた）を訪れ，『サン・バウドリーノの奇跡』（Bompiani, 1995。非売品。8頁の脚注参照。因みにコトロネーオが序文を書いている！）を2部頂戴した（一部はG・ピアッザ氏のために）。当時はエコの旧居（マンション）の写真を撮ったり，マレンゴ（ロンコ著『ナポレオン秘史――マレンゴの勝利――』（而立書房）参照）を訪れたり，と慌しい日程をこなしていたのだが，まさかエコが同名の小説を書いているとは知る由もなかった。『バウドリーノ』が2000年11月22日発売されたばかりのときに，共訳者はローマの書店でこれを購入しており，私のほうはその後，P・マラス氏よりローマからの電話でこの出版のニュースを聞いたのだった。しかし何よりも瞠目すべきは，コトロネーオがこのエコの第四作（しかも作品内容まで）を予見していたことだ（107頁参照）。スキファノが第三作を予見していた（『エコ効果』，204頁参照）のに劣らない炯眼と言うべきだろう。なお，コトロネーオはエコの将来まで予言している！（107頁参照）

エコのアレッサンドリアへの郷土愛について。ミニマリズムの風潮もあろうが，"ミクロコスモスからマクロコスモスへ"という視点に立つエコほど，自己のアイデンティティを重視し，常にアレッサンドリアに回帰している人は少ないであろう。その逸話を一つ紹介しておくと，共訳者ピアッザ氏が1990年8月に新大阪駅で初来日したエコを迎えたとき，アレッサンドリア方言で "Fisti orb d'an fisti secc"（*L'isola di giorno prima*, p. 32）と話しかけられ，返事したピアッザ氏のイタリア語の発音がトリーノ訛りなのを知って，エコはひどく憤慨したということがあったのである（ピアッザ氏はむしろトリーノ生まれと言ってよく，リチェーオ・クラッシコまでエ

コと同じアレッサンドリアに住んだに過ぎない)。

　井の中の蛙（かわず）よろしく島国に住んでいるためか，日本人ほど単純かつ素朴な民族も地球上では珍しいのではあるまいか。某知事の娘を騙（かた）るだけで億単位の金を巻き上げられたり，出会い系サイトに引っかかって命を失う男女のニュースを，翻訳中に耳目にしながら，エコのもつ焦眉性（アクチユアリテイ）は日本ではとりわけ，否応（いやおう）なしに高まるばかりだ。ことばの本質——嘘をつけること——を記号論や評論，そして四つの小説で常に暴き立て，"不信の体系"を樹立しつつあるのが，ほかならないウンベルト・エコなのだからだ。彼が幼時から，不信（Non ci credere!）の教育を受けたことにも留意すべきである（『ウンベルト・エコ　インタヴュー集』115頁参照）。エコを知ることは，"不信"を学ぶことでもあるのだ。

　本書の題名はコトロネーオの旧著（107頁の脚注参照）を活かしたものである。このたびのこの新版（増補版）がエコの著作のほとんどを出版しているボンピアーニ社から出たことも象徴的だ。おそらくエコの慫慂（しょうよう）があってのことだったろう，と推察される（コトロネーオはエコと文通したり，インタヴューも行っている間柄なのである。29, 54 - 55, 64頁参照）。コトロネーオはエコがおそらくもっとも評価している，エコ解釈者ではなかろうか。

　最後に無理を承知で，緊急出版を引き受けて頂いた而立書房社主の宮永捷氏には，いつものことながら深謝申し上げる次第である。

　2002年9月3日　四日市市・イタリア文化クラブ本部にて

谷口伊兵衛

（付記）
　付録にはトマス・シュタウダーによるエコとのインタヴュー「『バウドリーノ』をめぐって」（「ユリイカ」2002年8月号, 176-188頁）をシュタウダー氏の了承の下に（一部修正のうえ）再録させて頂いた。なお，『フーコーの振り子』をめぐるインタヴューは

『ウンベルト・エコ　インタヴュー集』（而立書房，1990年），『前日の島』をめぐるそれは『エコ効果』（而立書房，2000年）にそれぞれ収録されているので，併せて参照されたい。

　共訳者名の片仮名表記は，本人の希望を採用したものである。念のため。

索　引

ア行

アイク，ヤーコブ・ファン　64
『青い天使』　30
アリストテレス　57, 69, 97, 98
アレッサンドリア　11, 17, 18, 51, 56
アレッサンドリア人　51, 104
アンパーロ　36, 37, 43
「失われた時を求めて」　86
オーマ，アヌーク　22
オレンジ色の鳩　59, 64, 67, 69, 85, 97

カ行

『解釈の限界』　36, 37
神　58
『記号論概説』　29
キリストの聖骸布　73
グッツォ，アウグスト　26
ケネディ，ジョン　73
コニャーテ，ニチェータ　34, 62
『今日のリズムと歌謡』　22
『婚約者』　102
「『婚約者』の記号論」　75
『「婚約者」を読む』　75

サ行

『ささやかな日記帳』(第一の)　8, 22, 25, 39, 45
「サント＝ブーヴに反論する」　81
「サン・バウドリーノの奇跡」　8, 11, 12, 15～17, 32, 51, 88
シェンベルク　43
『詩学』　57, 69, 97
『自由な哲学者たち』　25
『島』　→　『前日の島』
ジュラール　84
『小説の森散策』　106
「書評誌」　107
『シルヴィー』　79, 80, 82～85
スターンズ，トーマス　23
『前日の島』　7, 9, 18, 20, 33, 55～58, 61, 63, 64, 68～71, 77, 82～86, 88, 90, 91, 93, 95～98, 105
『戦争と平和』　90

タ行

『第二のささやかな日記帳』　8, 15, 22, 23, 25, 104, 107
『ダフネが絶世の美少女のとき』　64
『断片集』　22
デリダ，ジャック　88
トリアッティ殺害　51

トリニダーデ, ソラーノ 43
トルストイ 90

ナ行

ネルヴァル 81, 83〜86

ハ行

『バウドリーノ』 7, 8, 9, 18, 21, 34, 48, 56, 62, 63, 69〜72, 74, 77, 86, 95, 97〜99, 103, 105, 107
迫真法 102, 103
パスカル 29
バニャスコ, アルナルド 65
『バラの名前』 7, 9, 12, 13, 19, 28, 30〜32, 36, 46, 57, 58, 60, 63, 64, 68〜70, 72, 81, 82, 86, 88, 89, 91, 95, 97, 98, 105
『「バラの名前」覚書』 31, 41
パレイソン, ルイージ 26, 59, 65
「ピッポはそれを知らない」 23
ヒトラー 73
『開かれた作品』 24, 26, 88, 93
ピランデッロ, ルイージ 23
フェッランテ 69
『フーコーの振り子』 7, 9, 19, 23, 32, 33, 36〜40, 42〜47, 50, 56〜58, 60, 63, 64, 67, 68, 70, 71, 76, 81, 82, 86, 88, 91, 95, 97, 98, 105, 107

「『フーコーの振り子』における記号論とエクリチュールとの振動」 87
「フランクフルト・ブックフェア」 65
フリードリヒ1世 53, 73
プルースト, マルセル 80, 81, 85, 86
ベリオ, ルチャーノ 26
ポルツィオ, ドメニコ 28

マ行

マンゾーニ 102
「マンゾーニにおける偽りのことば」 102
ミラノ, ’パオロ 19
「息子への手紙」 39
『物語における読者』 88

ヤ行

『欲望の7年間』 42

ラ行

ラケル 43
「ラ・スタンパ」 31
ラブリュニ, ジェラール 83, 85, 86
「レスプレッソ」 16, 42, 43, 45, 46
ロッシーニ 54

〔訳者紹介〕

谷口伊兵衛（本名：谷口　勇）
　1936年　福井県生まれ
　1963年　東京大学大学院西洋古典学専攻修士課程修了
　1970年　京都大学大学院伊語伊文学専攻博士課程単位取得
　1975年11月～76年6月　ローマ大学ロマンス語学研究所に留学
　1992年　立正大学文学部教授（英語学・言語学・西洋古典文学）
　1999年4月～2000年3月　ヨーロッパ，北アフリカ，中近東で研修
　主著訳書　『ルネッサンスの教育思想（上）』（共著）
　　　　　　『エズラ・パウンド研究』（共著）
　　　　　　『中世ペルシャ説話集』
　　　　　　「教養諸学シリーズ」既刊7冊（第一期完結）
　　　　　　「『バラの名前』解明シリーズ」既刊7冊
　　　　　　「『フーコーの振り子』解明シリーズ」既刊2冊
　　　　　　「アモルとプシュケ叢書」既刊2冊ほか

ジョバンニ・ピアッザ（Giovanni Piazza）
　1942年，イタリア・アレッサンドリア市生まれ。
　現在ピアッ座主宰。イタリア文化クラブ会長。
　マッキアヴェッリ『バラの名前』後日譚，『イタリア・ルネサンス　愛の風景』，アプリーレ『愛とは何か』，パジーニ『インティマシー』，ロンコ『ナポレオン秘史』，クレシェンツォ『愛の神話』，マルティーニ『コロンブスをめぐる女性たち』，サラマーゴ『修道院回想録』（いずれも共訳）ほか。

不信の体系　―「知の百科」ウンベルト・エコの文学空間―

2003年8月25日　第1刷発行

定　価　本体1500円＋税
著　者　ロベルト・コトロネーオ
訳　者　谷口伊兵衛／ジョバンニ・ピアッザ
発行者　宮永捷
発行所　有限会社而立書房
　　　　〒101-0064 東京都千代田区猿楽町2丁目4番2号
　　　　振替 00190-7-174567／電話 03（3291）5589
　　　　FAX 03（3292）8782
印　刷　有限会社科学図書
製　本　大口製本印刷株式会社

　　　落丁・乱丁本はおとりかえいたします。
　　　©Ihei Taniguchi／Giovanni Piazza, 2003. Printed in Tokyo
　　　ISBN 4-88059-299-4 C 0098

U・エコ監修『教養諸学シリーズ』

ウンベルト・エコ／谷口　勇訳	1991.2.25刊 四六判上製 296頁 定価1900円 ISBN4-88059-145-9 C1010

論文作法──調査・研究・執筆の技術と手順──

　エコの特徴は、手引書の類でも学術書的な側面を備えている点だ（その逆もいえる）。本書は大学生向きに書かれたことになっているが、大学教授向きの高度な内容を含んでおり、何より読んでいて楽しめるロングセラー。

ウンベルト・エコ／谷口　勇訳	1993.3.25刊 四六判上製 328頁 定価1900円 ISBN4-88059-175-0 C1010

テクストの概念──記号論・意味論・テクスト論への序説──

　著者が『記号論』と『物語における読者』をもとに、平易に行ったブラジルでの講義録。ブラジル語版のほか、伊語原稿をも参照して万全を期した。

ウンベルト・エコ／谷口伊兵衛訳	1997.5.25刊 四六判上製 272頁 定価1900円 ISBN4-88059-228-5 C1010

記号論入門──記号概念の歴史と分析──

　西・葡・独・仏の各国語に訳された"記号"についての最適の入門書。
J.M.Klinkenbergの改訂仏訳を底本にした。

ウンベルト・エコ／谷口伊兵衛訳	2001.12.25刊 四六判上製 304頁 定価1900円 ISBN4-88059-281-1 C1010

中世美学史──『バラの名前』の歴史的・思想的背景──

　ウンベルト・エコの学問・思想の原点を開示する名著。13カ国に翻訳され、エコの名を世界にこだまさせることになる。

O・カラブレーゼ／谷口伊兵衛訳	2001.3.25刊 四六判上製 304頁 定価1900円 ISBN4-88059-273-0 C1010

芸術という言語──芸術というコミュニケーションとの関係についての序説──

　芸術は果たして言語をモデルとして体系化できるのか？
U・エコに師事し、モスクワ・タルトゥ学派の業績を根底にして、芸術記号論の構築をめざす。原題はIl linguaggio dell'arte.

P・ラゴーリオ／谷口伊兵衛訳	1997.9.25刊 四六判上製 192頁 定価1900円 ISBN4-88059-231-5 C1010

文学テクスト読解法──イタリア文学による理論と実践──

Come si legge un testo letterario の全訳。
　有名な記号論学者マリーア・コールティの序文付き。イタリア文学を素材に、平易に解説した手引書。文学入門として好適。

「U・エコ『バラの名前』」解明シリーズ

H・D・バウマン、A・サヒーヒ／谷口勇訳

映画「バラの名前」

1987.11.25刊
四六判上製
312頁
定価1900円
ISBN4-88059-111-4 C1098

エコの超ベストセラー小説『バラの名前』は、第一級の記号論学者の手になるだけあって難解を極めている。小説の映画化にあたってのドキュメントであり、小説の記号論的・時代的背景を理解するてだてとなっている。原文独語。

K・イッケルト、U・シック／谷口　勇訳

増補「バラの名前」百科

1988.1.25刊
四六判上製
320頁
定価1900円
ISBN4-88059-114-9 C1098

『バラの名前』にはさまざまな物語類型が織り込まれており、さまざまなレヴェルで解読することが可能である。本書は壮大な迷宮を包蔵するこのメタ小説に踏み込むための《アリアードネの糸》となろう。原文独語。90年増補。

U・エコ他／谷口　勇訳

「バラの名前」探求

1988.12.25刊
四六判上製
352頁
定価1900円
ISBN4-88059-121-1 C1098

「サブ・スタンス」誌47号（『バラの名前』特集）の論文の他、独・仏・ルーマニアの学者の論文をも収めた国際色豊かな論集。計11名の論者がそれぞれの視点から照射している。初期の『バラの名前』研究書。原文英・仏・独語。

L・マキアヴェッリ／谷口勇、G・ピアッザ訳

「バラの名前」後日譚

1989.6.25刊
四六判上製
336頁
定価1900円
ISBN4-88059-125-4 C1098

U・エコの大作『バラの名前』は読者ならびに批評家にほとんど無批判に受け入れられてきたが、推理小説家の著者はこれに異議申し立てを行った。独・仏・スペイン訳も出ている話題作。本邦初公開。付録も収録。原文伊語。

A・J・ハフト、J・G＆R・J・ホワイト／谷口　勇訳

「バラの名前」便覧

1990.4.25刊
四六判上製
280頁
定価1900円
ISBN4-88059-142-4 C1098

ラテン語等の引用句の出典を精査し、作品の背景を簡潔に説明する。『バラの名前』を読むとき常に座右に不可欠の宝典といえる。アメリカ版『百科』である。原文英語。

ニルダ・グリエルミ／谷口　勇訳

「バラの名前」とボルヘス

1995.8.25刊
四六判上製
352頁口絵1頁
定価1900円
ISBN4-88059-203-X C1098

『バラの名前』はボルヘスへの献呈本といわれるくらい、ボルヘスとは深い関係にある。著者がアルゼンティン人という有利な立場を生かして、徹底的にこの面を照射した、願ってもない好著。原文スペイン語。